UN ENFANT SANS HISTOIRE

"Domaine français"

DU MÊME AUTEUR

Romans

LA PRINCESSE ET LE PÊCHEUR (prix Gironde - Nouvelles Écritures, prix Riviera – prix des lecteurs de la Fnac de Nice –, prix du public de Chatou, prix du Premier Roman de la ville de Cuneo, Italie), Actes Sud, 2007 ; Babel nº 968.

LA DOUBLE VIE D'ANNA SONG (prix Drouot, prix Pelléas, prix des lecteurs du Salon livres & musiques de Deauville, prix de l'Asie), Actes Sud, 2009 ; Babel nº 1661.

VOYAGEUR MALGRÉ LUI (prix des lecteurs - Escale du livre), Flammarion, 2014.

LES INCONSOLÉS (prix d'Ailleurs et d'Ici), Actes Sud, 2020 ; Babel nº 1820.

Contes

LE LAC NÉ EN UNE NUIT ET AUTRES LÉGENDES DU VIÊTNAM, Babel nº 888, 2008.

COMMENT LA MER DEVINT SALÉE, illustrations de Vanessa Hié, Actes Sud Junior, 2011.

Essais

LES ÉCRIVAINS ET LE FAIT DIVERS : UNE AUTRE HISTOIRE DE LA LITTÉRATURE, Flammarion, 2017.

ESTHÈTES JAPONAIS (ouvrage collectif), Plon, coll. “Fidelio”, 2021.

L'auteur a bénéficié pour l'écriture de ce livre
du Programme de résidences d'écrivains de la Région Île-de-France.

ISBN 978-2-330-16920-6

MINH TRAN HUY

Un enfant sans histoire

ACTES SUD

Pour Paul, qui ne lira pas ce livre.

Quelque part, je suis étranger à quelque chose de moi-même ; quelque part, je suis "différent", mais non pas différent des autres, différent des "miens".

GEORGES PEREC,
Ellis Island

Pour survivre au traumatisme, il faut pouvoir le raconter sous forme d'histoire.

NATASHA TRETHEWEY,
Memorial Drive

TEMPLE

Temple est née le 29 août 1947 à Boston, dans le Massachusetts, au sein d'une famille richissime et surdouée. Sa mère, Eustacia, qui deviendra par la suite chanteuse et compositrice – accessoirement diplômée de Harvard –, est aussi la fille de l'homme qui co-inventa le système de pilotage automatique dans les avions. Âgée de seulement dix-neuf ans, elle a épousé le grand frère d'une condisciple également diplômé de Harvard, Richard, qui est pour sa part l'héritier de la plus vaste entreprise de culture du blé des États-Unis. L'arrière-grand-père paternel de Temple, John Livingston, était un entrepreneur d'origine française et huguenote qui avait d'abord fait fortune dans le forage pétrolier – il avait seulement vingt-trois ans lorsqu'il creusa son premier puits.

Lui et son frère se sont ensuite lancés dans la banque. Entrés en possession, après la faillite d'une des entreprises qu'ils finançaient, de milliers d'hectares de terres sauvages dans le Dakota du Nord, ils ont décidé d'y planter du blé. J'imagine les champs à perte de vue des *Moissons du ciel* de Terrence Malick, ces étendues sans fin baignant dans la lumière magique de l'heure dorée, quand le soleil s'apprête à se coucher et quand il vient de le faire – une fenêtre de vingt minutes à peine où la nuit n'a pas encore pris possession du jour, qui jette ses ultimes feux. Des ouvriers fauchent les tiges courbées par le vent avant de lier les gerbes et de les déposer sur le côté, avançant lentement, péniblement, sous des ciels immenses et moutonneux qu'on dirait peints. Des dizaines d'hommes et de femmes harassés qui quand est passée l'heure dorée s'entassent les uns contre les autres dans les dortoirs que John Livingston et son frère ont fait construire à la hâte, de même qu'ils ont bâti tout un système pour transporter le grain, avec des bateaux à vapeur d'abord, puis des trains. Ces gigantesques plantations ont fait la fortune des frères et la prospérité de la Red River Valley, où une ville portant leur nom témoigne symboliquement du rôle qu'ils jouèrent dans la région.

PAUL

Paul, que nous avons très vite surnommé Petit Paul, Polo ou Petit Polo, est né le 6 septembre 2013 à Paris 14e, au sein d'une famille qui, en regard de celle de Temple, apparaît bien ordinaire. Son père, Adrien, est enseignant-chercheur, je suis journaliste et écrivain, et ni lui ni moi n'avons grandi dans l'opulence : élevés dans des pavillons avec jardin de la banlieue parisienne par des parents de la classe moyenne attachés à la réussite scolaire, nous vivons correctement de nos métiers, sans plus. Si l'on gratte la surface, toutefois, et si l'on remonte le temps, on trouvera tout de même une histoire, comme toujours, des éléments qui mis bout à bout pourraient faire un roman. Juif, communiste et résistant d'origine polonaise, le père d'Adrien, qui l'a eu sur le tard, avait ainsi toutes les raisons de disparaître pendant la Seconde Guerre mondiale. Il échappa pourtant à la mort, contrairement à la plupart des siens, assassinés dans les camps – "partis en fumée", dira mon mari avec cet humour noir propre aux familles de survivants. Devenu professeur à l'université de Nanterre, où il enseignait l'anthropologie, mon beau-père épousa en premières noces une divorcée issue de la bourgeoisie catholique, plus âgée que lui et déjà mère de deux enfants, puis, longtemps après la mort de cette dernière, une femme plus jeune que lui de trente ans qui lui donna deux enfants de plus, dont Adrien, l'aîné.

L'arrière-grand-père maternel de Paul, vietnamien, eut une trajectoire de self-made-man rappelant par certains aspects celle de John Livingston. Il était pauvre et illettré, mais doué d'une vive intelligence ainsi que d'une impressionnante force physique. Quittant la province miséreuse où il avait grandi, il traversa la moitié du pays et économisa sou à sou sur sa paie d'ouvrier dans le bâtiment pour acheter des terres en friche. Il en laissa la jouissance pendant quelques années à une tribu issue d'une minorité ethnique avant de les récupérer et de se lancer, avec succès, dans la culture du cocotier et de la canne à sucre.

J'imagine cette fois des milliers d'arbres plantés en rangées régulières sur de vastes étendues d'herbe, espacés de plusieurs mètres les uns des autres pour ne pas se faire d'ombre, avec les grappes de noix de coco nichées sous les feuilles de palmier retombant gracieusement par-dessus. Le soleil est un trou de lumière en fusion dans le ciel azur, l'air à certaines heures de la journée semble entrer en fusion lui aussi et le paysage fondre tant il fait chaud. Le champ de cocotiers est bordé d'un chemin qui mène à une ferme, avec une grande cour à ciel ouvert où l'on broie les cannes à sucre dans une presse artisanale pour en extraire un jus mordoré. Les ouvriers en donnent un ou deux verres aux enfants venus contempler le spectacle, mais la plus grande partie est versée dans une marmite de deux trois mètres de diamètre posée sur un fourneau, dont le feu est alimenté par les résidus fibreux des tiges de canne – la bagasse. Cuisson après cuisson, l'eau s'évapore et le sucre se forme.

Le planteur, mon grand-père, devint si riche et si puissant, me raconterait plus tard ma mère, qu'il aurait pu, s'il l'avait désiré, acheter la ville où il s'était installé – Nha Trang, en bord de mer – et lui donner son nom. Ce ne fut pas le cas, mais il fit la fortune de la région en même temps que la sienne. À la différence de celle de John Livingston, la richesse de mon grand-père, au lieu de ruisseler sur ses descendants, disparut avec lui. Durement entamée lors de la guerre contre les Français (qui vit la splendide demeure de style colonial qu'il avait bâtie, témoin de son exceptionnelle réussite, dévorée par les flammes d'un incendie qu'il alluma de sa propre main), elle fut définitivement asséchée par l'arrivée au pouvoir des communistes. Après avoir détruit sa maison pour éviter qu'elle ne tombe aux mains de l'ennemi, l'arrière-grand-père de Paul fut en effet contraint de faire don de toutes ses terres au nouveau régime, trop heureux de ne pas avoir été exécuté lors de la réforme agraire, qui vit disparaître la plupart des "riches propriétaires terriens" – c'est-à-dire tous ceux qu'on avait dénoncés comme tels, qu'ils le soient ou non.

TEMPLE

Dotée de grands yeux bleus, de cheveux châtains et d'une mignonne fossette au menton, Temple a six mois lorsque sa mère remarque qu'elle se raidit quand on la prend dans les bras. Eustacia, qui n'a que dix-neuf ans, s'en inquiète, d'autant que la petite, contrairement aux autres bébés, ne sourit ni ne gazouille. S'y prend-elle mal ? Ou bien ce rejet est-il une étape naturelle dans le développement des nourrissons ? Constatant qu'ils semblent pénibles à sa fille, elle se résout en tout cas à limiter ses étreintes et baisers. Bientôt, cependant, Temple, ne se contente plus de se raidir : elle se débat et n'hésite pas à griffer tel un chat sauvage quiconque la serre d'un peu trop près, soit tous ceux qui la touchent. Grandissant, elle continue de refuser le contact physique mais aussi le contact visuel : elle semble incapable de regarder qui que ce soit dans les yeux, même quand sa mère le lui demande. Elle paraît tantôt sourde, tantôt hypersensible aux sons. Elle ne parle pas mais hurle et frappe des mains pour exprimer sa contrariété et sa colère, qui semblent constantes. Ses cris sont inarticulés et sa voix atone et sans rythme, ce qui effraie davantage encore sa mère que l'absence de mots.

Le moindre changement dans la routine du quotidien la perturbe, mais ce n'est rien à côté de la terreur manifeste que suscitent chez elle les fêtes d'anniversaire ou les soirées de Noël et du Nouvel An. Plus tard, bien plus tard, elle s'en expliquera : trop de nouvelles personnes aux déplacements imprévisibles, trop de nouvelles odeurs qui se superposent, entre les parfums des femmes, les cigares des hommes et la senteur persistante de la laine mouillée des gants, des manteaux et des écharpes. Trop de nouveaux contacts, comme celui de cette tante d'un impressionnant gabarit qui, quand elle la prend dans ses bras pour l'embrasser, lui donne le sentiment, affolant, qu'elle va être engloutie dans ses chairs. Trop de chocs et de bruits : conversations, éclats de rire, couverts qui tintent, verres qu'on entrechoque, mirlitons qui fusent, le monde n'est plus que chaos, ses sens la submergent, sa tête menace d'exploser. Personne, naturellement, ne mesure la douleur et l'épuisement qui l'amènent à faire des crises. Le père de Temple voit d'un mauvais œil cette enfant qui ne sait pas plus se tenir qu'elle ne sait parler ; Eustacia, elle, devine qu'il ne s'agit pas de caprices mais d'accablement, de souffrance peut-être. Elle n'en est pas moins impuissante à soulager sa fille, qui continue de repousser avec énergie toute tentative d'approche.

Pour se calmer, Temple aime s'enrouler dans des couvertures et se réfugier dans des espaces exigus. Elle se glisse avec bonheur sous les coussins du canapé. La pression qu'ils exercent sur elle, qui ne supporte pourtant pas l'étreinte d'un autre être humain, l'apaise et la détend. Elle aime également se balancer, encore et encore, ou tourner sur elle-même sans s'arrêter. Il lui semble alors que le monde tourne avec elle, qu'il n'est plus qu'un tourbillon de sensations qui s'annulent dans l'ivresse d'un mouvement infiniment recommencé. Les gens autour d'elle perdent leur substance, plus aucun bruit ne lui parvient. Elle apprécie tout autant de s'abandonner aux stimulations que lui offre la balançoire du jardin enroulée sur elle-même : ce sont alors le ciel et la terre qui tournent avec elle. De là vient sa fascination pour les pièces, couvercles, et autres roues dont elle perpétue le mouvement circulaire, plongée dans une contemplation hypnotique qui l'extrait du monde et la coupe d'une réalité trop agressive.

Temple s'intéresse aux objets mais fuit les êtres humains. Indifférente aux autres enfants – sa petite sœur y compris – elle préfère s'adonner à des jeux solitaires : étudier le tournoiement d'une pièce de monnaie, suivre le dessin des lignes sur le bout de ses doigts pendant des heures, comme s'il s'agissait de quelque carte mystérieuse, ou bien faire couler du sable entre ses mains, sans jamais se lasser, pour façonner un paysage de dunes minuscules dont elle examine chacun des grains avec une rigueur et une concentration toutes scientifiques. Ils diffèrent de façon infinitésimale mais bien réelle. Aucun n'a une couleur, une taille, une consistance absolument identique à celle des autres, de même que nul flocon de neige ne ressemble à un autre sous l'objectif d'un microscope.

Apaisée quand elle s'absorbe dans ces occupations, Temple se montre le plus souvent brusque, impatiente, et destructrice. Quand elle s'ennuie ou quand elle est fatiguée, elle crache sur le sol ou lance tout ce qui est à sa portée, vase, verre, cendrier, ou ses chaussures dont elle s'est défaite. Elle casse les crayons avec lesquels elle adore pourtant dessiner, mâchouille les pièces de puzzle pour en faire une bouillie de carton qu'elle rejette ensuite par terre. Elle fait régulièrement pipi sur le tapis et, quand on la réprimande, invente de se soulager sur le grand rideau du salon qu'elle a serré entre ses jambes, convaincue que personne ne s'en apercevra. Les autres enfants aiment à manipuler et rouler de la pâte à modeler ? Elle fait de même avec ses excréments. Elle éventre les matelas et déchire le papier peint bleu pâle décoré de lilas de sa chambre, barbouille les murs de ses déjections ou les balance à travers la pièce lors de ses accès de rage.

PAUL

Avec ses traits réguliers, son teint doré et ses grands yeux noirs frangés de cils drus, Paul est un bébé d'une beauté frappante. Je m'en émerveille comme je m'émerveille de ses petits pieds et poings, de la douceur inouïe de sa peau, de l'exquise fragilité de son corps. Je passe de longues minutes à humer le cou et la nuque de mon fils, à passer ma main sur son crâne tiède, à l'embrasser, le câliner, le serrer contre moi. Adrien se révèle pour sa part un papa poule qui cuisinera lui-même chacun des repas du bébé dès qu'il sera en âge d'avaler autre chose que du lait et choisit dès à présent avec soin chacun des atours qui ont l'honneur de revêtir le petit prince – quand je m'en charge, il n'est pas rare que mon époux rhabille notre fils avec une tenue plus à son goût. Adrien se porte toujours volontaire pour donner le bain à Paul tout en chantonnant avant de l'envelopper dans un minuscule peignoir blanc qui lui donne des airs d'Inuit. Tous deux guettons naturellement le moindre des mouvements, la moindre des mimiques de notre progéniture comme s'il s'agissait d'un événement de portée mondiale.

Le problème, c'est que Paul ne se laisse pas adorer en silence. Notre ravissant enfant est aussi pourvu d'un cri particulièrement perçant, qui vrille nos tympans et ceux des habitants de notre immeuble haussmannien à toute heure du jour et de la nuit. Sa résistance au sommeil est remarquable : il ne dort jamais plus de quatre heures de suite et ne fait pas les siestes dont les nourrissons sont coutumiers. Les bruits les plus infimes le réveillent, du craquement de parquet au froissement d'une page de magazine, et lui parler doucement, le caresser, le prendre dans nos bras ne suffit pas à le calmer, jamais. Il peut se réveiller n'importe quand ; il n'y a pas de règle. Il ne se rendort pas quand j'ai fini de l'allaiter, une fois sa faim apaisée, et sanglote sans discontinuer. Je dois le bercer vigoureusement, et même danser en imprimant un rythme presque brutal à mes mouvements, comme si j'allais le lancer en l'air. Alors seulement ses pleurs cessent, tandis que j'observe son regard soudain intrigué tout en tâchant de le rassurer : "Ne t'inquiète pas, Petit Polo, maman est là…" S'il semble se rasséréner, il garde les yeux grands ouverts. Il faut compter une heure et demie au minimum avant de le voir replonger dans le sommeil, trois heures les nuits de malchance.

Adrien et moi sommes bientôt harassés. Le couple plein d'énergie et d'allant que nous formions n'est plus que l'ombre de lui-même. Tout notre corps transpire l'éreintement, la tête lourde, le pas vacillant, l'impression d'être en permanence au bord de l'évanouissement. Mon mari se bloque le dos à quatre reprises. Un faux mouvement du cou me vaut une minerve, mon poignet qui se tord en rattrapant la poussette, une attelle. Nous nous relayons comme nous pouvons. Avons cessé de compter les jours, les semaines, les mois où nous n'avons pas pu fermer l'œil. Ni nos parents ni nos amis n'y peuvent rien – des bébés qui ne font pas leurs nuits, cela arrive... Quand, à bout de forces, je demande conseil à la PMI, la dame qui me reçoit (sage-femme ? Infirmière en puériculture ?) semble presque choquée : "C'est normal qu'il ne dorme pas, madame, c'est un bébé !" Devant ce jugement sans appel, je me tais. Rentre chez moi la gorge serrée.

Paul a trois mois, puis quatre, puis cinq, puis six et rien ne change. Il grandit et semble en parfaite santé, mais il ne dort pas. Dix, vingt, trente, soixante, cent vingt, cent quatre-vingts nuits à ne pas dormir... Je n'en peux plus. Je n'aurais jamais imaginé que m'occuper d'un bébé demanderait de tels efforts. Qu'il serait si éprouvant de prendre soin de cet enfant si joli, dont tout le monde nous fait compliment. Je pense toutefois que c'est normal, que c'est juste moi qui ne suis pas à la hauteur. Après tout, personne ne m'avait non plus vraiment dit que l'accouchement serait une telle boucherie. Que le travail durerait vingt heures, que je souffrirais comme je n'avais jamais imaginé souffrir, que la péridurale ne pourrait m'être injectée au moment prévu parce qu'il n'y avait plus de salle d'accouchement disponible, que les contractions de plus en plus violentes me donneraient le sentiment de me déchirer de l'intérieur, que je hurlerais comme une bête saignée à mort, que mon corps serait à ce point dévasté après, avec l'épisiotomie, puis, tandis que la stagiaire sage-femme vérifiait qu'il ne manquait aucun morceau au placenta fraîchement expulsé – faute de quoi on risquait l'hémorragie –, les chairs à vif qu'on recoud, les points qui tirent et qu'on doit supporter des semaines durant, les couches ensanglantées, le ventre flasque et la vessie qui ne répond plus, les difficultés pour marcher, m'asseoir, m'allonger, aller aux toilettes, la chevelure réduite d'un tiers avec les bouleversements hormonaux et, allant de pair avec l'allaitement, les accès de fièvre, les crevasses sur les seins qui font mal à en pleurer, le sang qui parfois se mêle au lait et dont on me dit que ce n'est pas grave puisque le bébé ne risque rien, et bien sûr le moral qui fait des montagnes russes, une nuit blanche après l'autre, tout ça alors qu'on se doit de porter le masque de la maman épanouie, qui reçoit avec grâce les amis venus s'extasier sur le divin enfant, dont l'arrivée aura évidemment balayé tous les tracas, toutes les douleurs, tous les soucis…

Pensant que j'ai subi ce que subissent toutes les femmes sans l'avouer autrement qu'à mots couverts – ma propre mère, après tout, que ce soit lié à sa culture ou à son tempérament, ne m'a avertie de rien, évoquant à peine la fatigue et jamais la douleur, et surtout pas le déchaînement de fluides divers avant, pendant et après –, j'en conclus logiquement que Paul n'est pas plus difficile que d'autres enfants même s'il me semble, à moi, très difficile. C'est juste que je ne suis pas douée, sans doute. Maladroite, malhabile. J'ai l'impression que c'est ma faute si mon bébé se tend et se raidit avec une telle force, rejetant constamment sa tête en arrière, au point qu'Adrien et moi avons toujours peur qu'il nous échappe quand il est dans nos bras. J'ai tenté de le porter en écharpe, mais j'ai fini par renoncer tant il hurlait de longues minutes durant avant de s'endormir soudain, comme évanoui. Petit Paul ne se love jamais contre moi ou contre son père. Il ne s'abandonne que quand il dort profondément ; le reste du temps, il semble toujours lutter, lutter, lutter, contre le sommeil et contre le reste du monde. Ses sourires sont magnifiques mais rares ; il babille peu et semble incapable de moduler sa voix. Il finit par articuler trois mots – "allô", "avoa" pour "au revoir" et "papa", mais très vite les perd et redevient muet. Tandis que la fillette avec laquelle il est gardé commence à faire des câlins et tente de le prendre dans ses bras, il la repousse et demeure indifférent aux gestes de tendresse, d'où qu'ils proviennent. On dirait qu'il ne les voit pas, ou qu'ils le gênent.

"Paul ? Paul ? Tu nous entends ? Coucou… Regarde-moi, mon chéri… Regarde-nous, tu veux bien ?" Inquiets de ne pas le voir répondre à son prénom alors qu'il a bientôt deux ans, Adrien et moi demandons par trois fois au pédiatre de vérifier son audition. Par trois fois, il nous est répondu qu'il n'y a aucune anomalie. Nous sommes tout autant soulagés – c'est le docteur qui l'a dit, il n'y a donc pas à s'en faire – que désespérés : s'il n'y a aucun problème, la situation est donc normale. Il est normal que Paul ne tourne pas la tête quand nous l'appelons, ne plonge jamais ses yeux dans les nôtres, cherche à s'échapper de tous les parcs où nous l'emmenons en promenade : sitôt que nous le déposons au sol, il court à perdre haleine pour gagner des sorties que nous n'avions même pas aperçues, tandis qu'Adrien et moi nous lançons à sa poursuite en lui criant de s'arrêter.

Il est normal que nos admonestations glissent sur Paul, qu'il n'obéisse à rien ni à personne, se précipite sur la route sans prêter attention aux voitures, lance tout ce qui se trouve à sa portée – livres, vaisselle, bibelots, verres des amis venus prendre l'apéritif. Normal qu'il ne pleure jamais – il hurle seulement – et qu'il joue si peu, ne regarde pas de dessins animés, n'écoute pas les comptines que je lui chante et les histoires que je tente de lui raconter, se fiche des peluches et des puzzles. Normal qu'il se débatte jusqu'à faire verser la poussette quand nous changeons d'itinéraire pour aller au jardin d'enfants, se tape violemment la tête sur le sol ou le dossier de sa chaise quand nous lui refusons quelque chose.

TEMPLE

Comme Temple, à trois ans, ne parle toujours pas, sa mère l'amène chez un neurologue. Il prescrit un audiogramme pour vérifier si elle est sourde, ainsi qu'un électroencéphalogramme pour voir si elle ne souffre pas d'épilepsie. Ni l'un ni l'autre de ses examens ne révélant rien, il conclut à une lésion cérébrale non identifiée. Comme Temple produit tout de même des sons qui ont manifestement une signification – du type "al" pour "balle", par exemple –, il recommande une orthophoniste qui saura, pense-t-il, aider celle qu'il qualifie d'"étrange petite fille". Miss Reynolds accepte de prendre Temple en charge trois heures par semaine, en tête à tête mais aussi au sein d'une petite classe qu'elle tient chez elle, et qui comprend des enfants souffrant de retard mental ou du syndrome de Down, rencontrant tous des problèmes avec le langage.

Pour inciter Temple à communiquer, elle use de stratégies, comme s'absenter et laisser un téléphone sonner jusqu'à ce que la petite fille, énervée par ce bruit strident et répétitif, traverse la pièce et décroche le combiné pour s'écrier : "Allô !" Un miracle en soi… Miss Reynolds montre à Temple la différence entre le *p* et le *b* ou le *g* et le *k* ; elle lui parle lentement, articulant chaque mot avec soin, ce qui aide cette dernière à entendre les consonnes dures (les *c*, *b*, *r*…) qu'elle avalait jusqu'alors, puis répète les mêmes mots à la vitesse normale. Elle procède par allers-retours pour s'assurer que Temple saisisse bien ce qu'il en est et la félicite quand elle réussit à prononcer correctement tel ou tel terme qui lui échappait jusque-là. Sitôt que Temple ne dit plus *"up"* mais *"cup"* pour désigner une tasse, elle se voit immédiatement récompensée. Peu à peu, les mots cessent d'être réduits à des bouillies de voyelles pour prendre forme.

Eustacia a également engagé une gouvernante. Vieille fille rigide au chignon gris maintenu par des épingles en os de baleine, perpétuellement vêtue de blouses lui donnant l'air d'une artiste peintre, Miss Cray dit pouvoir aider Temple comme elle a précédemment aidé un petit garçon souffrant de problèmes semblables. Elle a raison. Se servant de cartes d'apprentissage, de livres de coloriage et d'activités de plein air, elle consacre vingt heures par semaine à capter l'attention de Temple – le plus important, affirme-t-elle, c'est de garder le contact avec l'enfant, de faire en sorte qu'elle reste "impliquée" au lieu de s'évader dans son monde. Patins, ballon, construction de bonshommes de neige, tout est bon pour faire sortir Temple de sa bulle tout en lui donnant des jalons grâce à un environnement structuré – l'emploi du temps est soigneusement découpé et respecté, les repas toujours servis à la même heure, les consignes maintenues jusqu'à ce qu'elles soient respectées.

La gouvernante repère les centres d'intérêt de la petite fille et la canalise : Temple, qui adore les travaux manuels et les arts plastiques, ne voit aucun inconvénient à s'investir dans le dessin ou la peinture. Miss Cray lui enseigne le tour de rôle en jouant avec sa sœur – chacun son tour pour la luge, le toboggan, la balançoire et ainsi de suite –, tout comme elle lui enseigne les usages en société, dire bonjour, au revoir et "s'il vous plaît", se tenir droite à table, fermer la bouche en mangeant, ne pas faire tourner une fourchette au-dessus de sa tête. Inlassablement, elle donne et redonne ses instructions, guide l'enfant par des gestes et des mots, utilise tour à tour la carotte et le bâton – faire éclater des sacs en papier est une arme redoutable quand on veut être obéi par une petite fille hypersensible au bruit, et elle en garde toute une réserve perchée au-dessus d'une armoire, pour la plus grande terreur de l'enfant.

Eustacia n'est pas en reste, d'autant que dans les années 1950, surtout dans le milieu privilégié où évolue la famille de Temple, les bonnes manières vous sont inculquées *manu militari*. Lors des réceptions et cocktails, la mère imposera bientôt à la fille de se tenir à ses côtés, de saluer les uns et les autres et de prendre les manteaux des invités. Et elle ira plus loin : tâchant de distinguer les crises de Temple liées aux surcharges sensorielles qu'il lui est impossible de maîtriser des accès de fureur liés à son tempérament de (très) mauvaise perdante, par exemple, elle tente d'éviter les sources de stress (bruit ou visites lorsque Temple est fatiguée) pour la protéger des premières, tout en édictant des règles simples pour lui apprendre à réduire les secondes : pas de télévision de toute une soirée si Temple s'est roulée par terre pour avoir perdu à un jeu, sans aucune négociation possible. Eustacia veille à être toujours calme mais ferme, ne laissant aucune prise à sa fille, et cette discipline bienveillante aidera énormément à cadrer Temple et à polir ses comportements les plus inacceptables.

Ni l'une ni l'autre n'en a encore conscience, mais Eustacia a sauvé Temple et cela s'est joué à un cheveu. Elle a pris toutes ces dispositions en partant de l'hypothèse que Temple souffrait d'une anomalie cérébrale que les examens n'avaient pu révéler (et qui, progrès de la science et sophistication des instruments et outils médicaux aidant, sera finalement bel et bien identifiée quand Temple se soumettra à une nouvelle batterie de tests à l'âge de soixante-deux ans). Or, elle héritera bientôt d'un autre diagnostic, après être allée voir un pédopsychiatre sur le conseil de l'hôpital. Le docteur Stein, qui a exigé de voir les parents en consultation avant l'enfant, leur annonce en effet que Temple est autiste – qu'elle souffre de "schizophrénie infantile".

Deux mots dont s'empare aussitôt le mari d'Eustacia, Dick. Ce dernier n'a jamais soutenu sa femme dans son entreprise. Temple et ses crises, Temple et ses bizarreries, Temple et ses difficultés à parler, sont pour cet homme rigide, colérique et très sûr de sa valeur, une source constante d'irritation. Sa fille ne cadre pas avec la vie qu'il imaginait pour lui et sa famille, une vie comme celle qu'il a menée enfant – l'existence toute patricienne de la haute bourgeoisie américaine, avec les rôtis du dimanche que le seigneur et maître découpe d'un geste solennel, la maison impeccablement tenue, les réceptions dans le jardin aux massifs taillés avec soin, la mère souriante et distinguée, les enfants vêtus de blanc qui ne disent jamais un mot plus haut que l'autre.

Convaincu de l'idiotie, au sens littéral du terme, de Temple, il n'a cessé de plaider pour son placement en institution.

Quand ce nouveau docteur évoque une "schizophrénie infantile", c'est pour Dick du pain béni : Temple est décidément folle, une autorité médicale l'a confirmé, on ne peut rien faire de cette enfant, et c'est uniquement parce qu'Eustacia refuse de l'admettre qu'elle ne prend pas les dispositions nécessaires. Si le docteur Stein ne va pas exactement dans le sens de Dick – il affirme que la petite fille était un bébé "psychotique", mais qu'elle a progressé et que sa "psychose" a évolué en "névrose", sans réellement expliquer ce qu'il entend par là –, il suggère bel et bien, lorsqu'il revoit Eustacia en consultation, de placer Temple. Le visage choqué de son interlocutrice lui ayant fait comprendre que ce n'est pas une option, il n'insiste pas mais requiert des sessions régulières avec l'enfant, convaincu que les troubles dont elle souffre sont dus à une "blessure psychique" qu'il faut identifier et soigner. Quant à savoir qui a pu infliger à Temple cette "blessure psychique", il n'y a pas à aller chercher bien loin : et de demander à Eustacia si par hasard elle n'était pas dépressive lorsqu'elle attendait sa fille…

Si Temple était née quelques années plus tard, et non à une date où le diagnostic d'autisme, très récent, était quasi inconnu, Eustacia n'aurait pas vu un neurologue ; elle aurait été d'emblée orientée vers un docteur Stein et aurait reçu un avis médical attribuant l'autisme de Temple à des facteurs non pas physiologiques, mais psychologiques. Aurait-elle suivi la même route, alors qu'elle avait seulement dix-neuf ans, qu'elle se demandait précisément, comme toute femme dont c'est le premier enfant, si elle ne s'y était pas mal prise avec sa fille, et qu'elle était toute prête à se sentir coupable, responsable de ne pas avoir fait ce qu'il fallait ? Aurait-elle pu résister à la fois à son mari et à un spécialiste qui lui aurait affirmé qu'en effet, elle s'y était mal prise, qu'il fallait institutionnaliser la petite, qu'il n'y avait pas d'autre solution ?

Peut-être pas. Tandis qu'observant les progrès de Temple, elle a la force de se défendre et de la défendre. Elle use de ce qu'il faut de diplomatie et d'habileté tant vis-à-vis d'un mari irritable et réticent que du docteur Stein, dont elle se garde bien de rejeter frontalement l'approche. L'enfant ne sera pas placée, elle aura toujours sa gouvernante et Eustacia continuera de la conduire trois fois par semaine chez l'orthophoniste en dépit des plaintes récurrentes de Dick sur tout ce que ce dispositif lui coûte. (Dick qui était dans le même temps prêt à payer pour une institutionnalisation bien plus onéreuse, car elle aurait eu l'avantage inestimable de lui donner raison.)

Les mois passent. Temple avance, un pas après l'autre, et au bout de deux ans sous la férule de Miss Reynolds – et de Miss Cray – ça y est, les mots s'enchaînent et s'articulent en phrases complètes, entières, cohérentes. Elle parle.

PAUL

Une amie qui a trois enfants, Lise, m'appelle à l'issue des vacances d'été que nos deux familles ont passées ensemble sur une île grecque. Des vacances rythmées par les réveils plus que matinaux de Paul, ses gémissements chaque fois qu'on s'approchait de la mer, ses constructions obsessionnelles de tours de cubes détruites ensuite à grands cris, quand il ne lançait pas tout ce qui lui tombait sous la main dans l'escalier de la villa en riant d'un rire hystérique, le visage et le corps en nage. Mon mari et moi nous sommes disputés tout l'été : difficile de se montrer souriant, gai et tendre quand on ne dort pas de la nuit et qu'on passe ses journées à surveiller un enfant qui ne tient pas en place et se met sans cesse en danger. Les traits délicats, le teint abricot et les épais cheveux sombres de Petit Polo lui donnent des airs de peluche – on a envie de le serrer contre soi tout en s'extasiant sur sa mignonnerie. Mais c'est une peluche criarde, agitée, impossible, qui n'a pas eu un regard pour les enfants de Lise, se contentant de fermer l'écran de leur ordinateur chaque fois qu'ils visionnaient un dessin animé avant de s'enfuir, sans prêter attention à leurs protestations.

Lise qui a eu tout loisir d'observer le petit a déjà discuté avec moi. Elle sait que le médecin a vérifié trois fois l'ouïe de Paul et qu'il n'a rien détecté. Elle me propose toutefois de prendre rendez-vous avec une autre pédiatre de sa connaissance pour un deuxième avis : peut-être Paul n'est-il pas simplement difficile, peut-être y a-t-il autre chose ? Je la remercie et, l'estomac noué, prends aussitôt rendez-vous avec la docteure recommandée. Puis, rongée par l'angoisse, ne peux m'empêcher de faire ce qu'il ne faut jamais faire : surfer sur le net. Sitôt que j'ai tapé "Enfant qui ne répond pas à son prénom" dans le moteur de recherche, une flopée d'articles sort, tous sur le même thème : l'autisme. Sous le choc, je reste immobile quelques secondes puis, la main tremblante, clique sur les différentes occurrences. Mon fils coche tous les critères ou presque. À bientôt deux ans, non seulement il ne répond pas à son prénom, mais il ne regarde personne en face et ne pointe pas du doigt. Ne s'intéresse pas aux autres enfants, ne tend pas les bras à ses parents, ne répond aux sollicitations de personne, n'imite personne, ne s'engage dans aucun jeu avec qui que ce soit – sauf le "coucou caché", qui le met en joie, mais cette minuscule exception ne pèse rien au regard du reste…

Pour moi, l'autisme, c'est Dustin Hoffman dans *Rain Man* ou l'image d'un adolescent saisie au détour d'un documentaire, qui se balançait d'avant en arrière sans jamais s'arrêter ni dire un mot, les yeux dans le vide et l'air coupé du monde. J'avais immédiatement zappé. N'étant pas concernée – aucun de mes parents ou amis n'avait été touché par ce handicap –, je n'y avais jamais prêté attention avant aujourd'hui. Au fil de mes recherches, j'apprends que le terme recouvre des réalités multiples. Il y a bien des autistes aux aptitudes prodigieuses, dotés par exemple de dons mathématiques et d'une mémoire fabuleuse, comme Daniel Tammet, capable de réciter le nombre *pi* jusqu'à 22 514 décimales ou de faire sauter la banque d'un casino de Las Vegas alors qu'il n'avait jamais joué au black-jack auparavant. Mais il y a aussi des autistes sévères, comme le fils de l'animatrice de télévision Églantine Émeyé, Samy, victime d'AVC alors qu'il était tout bébé, qui ne dit pas un mot, se déplace avec difficulté, et dont la mère a dû faire capitonner son lit pour qu'il ne se blesse pas, l'équipant régulièrement de gants de boxe et d'un casque pendant la journée pour le protéger de lui-même, car il lui arrive de se frapper avec violence lorsqu'il se sent mal. L'un est surdoué et l'autre polyhandicapé, mais tous deux ont en commun des "troubles de l'interaction et de la communication" ainsi que des comportements répétitifs et des activités et des centres d'intérêt restreints, les mathématiques pures et l'astrophysique pouvant être des centres d'intérêt restreints au même titre que les feuilles mortes, les roues des petites voitures, les courses et tournoiements auxquels s'adonne Petit Paul avec tant d'ivresse.

Schématiquement, on distingue l'autisme de Kanner du syndrome d'Asperger, d'après les noms des deux psychiatres, Leo Kanner et Hans Asperger, qui ont publié les premières descriptions cliniques de la maladie au début des années 1940. Le premier apparentant l'autisme à une catastrophe tandis que le second tendait à y voir une modalité de pensée originale qui pouvait conduire à des réussites exceptionnelles, on désigne sous le nom d'autistes Asperger ceux qui ne rencontrent pas de problèmes pour acquérir le langage, manifestent une intelligence normale, voire supérieure, et peuvent avoir réussi à s'intégrer en dépit de leur maladresse sociale et de difficultés diverses dont ils n'ont d'ailleurs pas toujours conscience. Les autistes de Kanner présentent pour leur part un tableau nettement moins favorable, avec un retard de développement important, un langage rudimentaire ou absent, des stéréotypies fortes, des atteintes neuro-sensorielles certaines. Tenant en quelque sorte des deux, certains autistes qui ne se distinguent guère des autistes de Kanner dans l'enfance apprennent peu à peu à parler et évoluent jusqu'à devenir très semblables aux Asperger à l'âge adulte.

Quand je fais part de mes craintes à Adrien, rentré à la maison alors que je suis toujours sur l'ordinateur, je me fais aussitôt rabrouer : "Un diagnostic grâce à internet ? Tu te fies aux délires qui traînent en ligne, maintenant ?!" Il lève les yeux au ciel comme si je ne savais plus quoi inventer pour me rendre intéressante. En dix ans – dix ans d'amour et de confiance sans faille, de fous rires partagés et de nuits passées peau contre peau –, je l'ai rarement vu s'adresser à moi avec une telle brusquerie, mais sa rudesse me soulage. Lise se veut elle aussi rassurante : Polo, autiste ? Mais pas du tout, je me fais des idées… Ou alors il est très, très légèrement atteint ! Je me raccroche à leurs réactions comme si ma vie en dépendait – le déni est une racine qu'on attrape alors qu'on a déjà glissé dans le vide – et repousse le souvenir d'une conversation avec une maman, Céline, avec laquelle j'ai sympathisé quelques semaines plus tôt lors d'un barbecue chez des amis communs. Céline s'adressait à son bébé, plus jeune que Paul de six mois, et il réagissait à ses propos comme Paul n'aurait jamais réagi : en souriant, avec l'air de la comprendre. Quand elle lui avait reproposé le biberon, il ne l'avait pas jeté par terre mais l'avait repoussé tranquillement en faisant non de la tête. Cette vision s'était enfoncée dans mon cœur comme un clou tandis que Céline et moi parlions sur un ton léger des vacances et des paysages de l'Ardèche où elle comptait se rendre durant l'été et où Adrien possédait avec ses frères une maison de famille bâtie tout contre une falaise, au bord d'une rivière.

L'espoir que je tâchais à toute force d'entretenir est vite étouffé. La docteure conseillée par Lise ausculte non sans mal Paul, qui tente comme toujours de s'échapper, et confirme qu'il y a bien un problème de développement avant de nous envoyer vers un CMPP – un centre médico-psycho-pédagogique. Elle-même n'a rien à proposer de particulier. C'est tout juste si je parviens à lui arracher un conseil : "Parlez-lui. Parlez-lui autant que vous le pouvez." Et voilà tout. La directrice du CMPP, quant à elle, observe en se gardant bien de le toucher le garçonnet qui court dans tous les sens dans son cabinet en poussant des gémissements. Elle se concentre sur moi, pose des questions sur ma famille et mes rapports avec mes parents. Elle n'adresse pratiquement pas la parole à mon conjoint mais évoque les blessures et les difficultés de l'exil que se sont imposées les miens, ainsi que la violence au Viêtnam, théâtre de tant de guerres et de conflits. Entre la guerre d'Indochine, la guerre du Viêtnam et les boat people, il y a de quoi faire… Paul a hérité d'un lourd bagage et c'est à n'en pas douter une souffrance traumatique qui l'empêche de se développer normalement et de parler.

Estomaqués, nous lui demandons si elle dispose d'un diagnostic précis ; elle a un geste vague de la main. Ah, bah, aujourd'hui il serait à la mode de dire que Paul souffre de TSA – "troubles du spectre autistique"… "À la mode" ? Atterrés, nous ne relevons pas. Nous nous contentons de demander s'il existe un traitement. Notre interlocutrice préconise des séances d'orthophonie, de psychomotricité et surtout une psychothérapie parents-bébé qui permettra de passer au crible la manière consciente et inconsciente dont je me comporte avec mon fils ainsi que les influences du passé maternel et grand-parental. Le but est d'identifier ce qui ne va pas dans la relation entre la mère et l'enfant afin de soigner la psyché, d'évidence compromise, de ce dernier.

Nous la remercions et rentrons chez nous, Petit Paul perché sur les épaules de son père – une position qu'il adore et qui a l'avantage de le faire tenir tranquille. Tandis qu'il pousse des piaillements de joie et d'excitation, Adrien et moi marchons le cœur lourd, accablés par l'annonce qui nous a été faite. Mon mari garde le silence : son monde s'est écroulé et il est trop sonné pour prononcer le moindre mot. Je suis tout aussi perturbée mais je m'efforce de mettre les choses à distance et de réfléchir au discours qui nous a été tenu. L'orthophonie et la psychomotricité me paraissent logiques, mais une psychothérapie avec un enfant qui ne prononce pas le moindre mot, qui est incapable de tenir un crayon, qui n'a aucune patience ni capacité de concentration ? Est-ce à dire que c'est moi qui passerai sur le divan ? Admettons ; en quoi mes confidences aideront-elles Polo à se stabiliser, à rattraper son retard, à accéder aux mots ? Et pourquoi Adrien n'a-t-il pas été pris en compte dans l'équation ? L'idée même d'un traumatisme lié à l'exil qui aurait sauté une génération pour frapper mon fils de plein fouet, l'empêchant de parler et de se développer, est pour le moins… étrange. Je suis romancière, c'est mon métier que de raconter des histoires qui tentent de donner sens au désordre de la vie. Et précisément, l'explication de la directrice du CMPP ressemble beaucoup plus à une fiction qu'à l'avis scientifique qu'elle était supposée délivrer – et une fiction mal ficelée.

De fait, c'en est une. Après avoir approfondi mes recherches et discuté avec des amis d'amis travaillant dans ce champ, je comprends que la situation en France est particulière. Les États-Unis, tout comme le reste de l'Europe, ont abandonné dans les années 1960 les théories psychanalytiques attribuant l'autisme à un traumatisme psychologique. Pas la France, férue de psychanalyse depuis longtemps – c'est le pays qui compte le plus grand nombre de psychanalystes par habitant dans le monde. Le combat continue de faire rage entre ceux qui considèrent qu'un enfant comme Paul, victime d'une hypothétique, si ce n'est fantasmagorique, "blessure psychique", ne parle pas parce qu'il ne *veut* pas parler ; et ceux qui pensent qu'il ne parle pas parce qu'il ne *peut* pas parler, et qu'il faut par conséquent l'aider à acquérir les compétences (communicationnelles, cognitives, sociales, motrices…) dont disposent les enfants ordinaires.

Les uns, historiquement dominants, veulent sonder l'inconscient des différents membres de la famille – particulièrement de la mère – pour mettre au jour le secret trauma qui entraverait Paul. Les autres, pragmatiques, préconisent de lui enseigner scientifiquement ce que les autres enfants font et apprennent spontanément et ont mis au point des stratégies éducatives qu'ils se proposent d'utiliser dans le cadre d'un programme personnalisé, les problèmes et retards variant d'un autiste à l'autre. Les "comportementalistes" choisissent en concertation avec les parents des objectifs précis, qu'ils font évoluer au fur et à mesure que l'enfant avance : répondre à son prénom, identifier les parties du corps, pointer du doigt…

Toutes choses que les enfants ordinaires finissent par maîtriser presque sans s'en rendre compte, à force d'écouter et de prendre exemple sur leurs parents, quand les autistes y arrivent bien plus difficilement par eux-mêmes, voire pas du tout – une étude a établi qu'en moyenne ils ont besoin qu'on leur répète *sept fois plus souvent* les choses qu'à leurs pairs "neurotypiques". Un thérapeute peut travailler à table, en face-à-face, en posant des consignes et en félicitant ou corrigeant l'enfant, mais il peut aussi intervenir dans un cadre naturel, pendant les plages de loisirs, afin de pousser l'enfant à jouer, à expérimenter et découvrir son environnement, à élargir ses centres d'intérêt ; à l'occasion des repas ou du bain pour qu'il apprenne à manger seul, se laver seul ou être propre ; lorsqu'il se trouve en collectivité, pour l'aider à mieux s'intégrer lors de sorties de groupes ou de repas en commun.

En France, la HAS (Haute Autorité de santé) a recommandé dans un rapport de 2012 d'adopter une approche de ce type, "éducative, comportementale et développementale", pour tous les enfants porteurs d'autisme, discréditant dans la foulée les "interventions fondées sur les approches psychanalytiques et la psychothérapie institutionnelle", dans la mesure où "l'absence de données sur leur efficacité et la divergence des avis exprimés ne permettaient pas de conclure à leur pertinence". Mais la formulation alambiquée en dit long tant sur l'embarras que suscitent les méthodes "psy" (qui tout en étant dans les faits en situation de monopole ne reposent sur aucun argument scientifique) que sur le pouvoir que ses tenants continuent de conserver : dans le rapport de la HAS, psychanalyse et psychothérapie ont droit à une labellisation à part, comme "approches non consensuelles", quand le niveau de preuve concernant leur validité et leur efficacité est exactement le même que pour les "approches non recommandées" par le rapport – c'est-à-dire nul.

Notre expérience, à Adrien et à moi-même, le confirme : en nous rendant au CMPP en cette année 2015, nous n'avons eu droit qu'à une interprétation psychanalytique des difficultés de Paul, sans que notre interlocutrice daigne mentionner les techniques comportementales. Elle ne nous a pas donné le choix, pas plus qu'elle n'a examiné notre fils, n'a pris de notes ou ne s'est montrée un tant soit peu précise. Ce n'est que parce que nous avons lourdement insisté qu'elle a consenti à prononcer le terme de "troubles du spectre autistique". Au moins l'a-t-elle fait. Plus tard, j'entendrai les témoignages de parents d'enfants autistes qui ont connu plusieurs années d'errance diagnostique, allant d'un docteur à un autre car les praticiens qu'ils consultaient, de la même obédience que la directrice du CMPP, se refusaient à mettre un mot sur la maladie de peur que cela n'"enferme" l'enfant dans ledit diagnostic et l'empêche d'évoluer. Il y a donc pire que ce que nous avons vécu avec Paul.

Si nous ne nous étions pas renseignés par nous-mêmes, si nous nous étions contentés d'écouter et de faire confiance, comme on le fait généralement quand on s'adresse à des médecins, des personnes en blouse blanche, ceux qui ont l'air de savoir quand vous êtes démuni, vulnérable, assommé par un diagnostic qui sonne comme une condamnation, nous aurions entamé cette psychothérapie parents-bébé et perdu un temps d'autant plus précieux qu'une intervention précoce et intensive a de bien meilleures chances de réussite, le cerveau étant plus plastique et plus facile à "rééduquer" dans les premières années. Plus tard, nous découvririons les cas de parents qui ont "fait confiance" et s'en sont trouvés bien punis : ayant voulu retirer leur enfant du système après avoir constaté l'inefficacité de ce qui leur était proposé et trouvé des pratiques plus adaptées ailleurs, certains se sont vus poursuivis en justice pour "défaut de soins" par les établissements qu'ils tentaient de quitter et ont perdu la garde de leur petit, mettant parfois des années à la récupérer, quand ils la récupéraient. Il y a toujours pire, décidément.

TEMPLE

Le programme éducatif qu'Adrien et moi allons tenter de mettre en place pour Petit Paul, Eustacia l'a offert à Temple en toute innocence, ignorant que c'est exactement ce qui sera préconisé par la pédopsychiatrie des décennies plus tard, que ce soit aux États-Unis, au Canada, en Angleterre ou par la Haute Autorité de santé en France. Elle en a eu l'intelligence, le bon sens et les moyens, grâce à la fortune familiale de son mari qui permet de régler sans ciller les trois heures d'orthophonie avec Miss Reynolds au sein de sa garderie et les vingt heures d'activités éducatives dont Temple bénéficie chaque semaine avec Miss Cray. Le temps passant, la fillette acquiert, outre les mots, la capacité à attendre son tour pour avoir du jus de fruits ou réciter une comptine, et les débuts d'une discipline de groupe. Miss Reynolds la juge apte à intégrer une école maternelle ordinaire et Eustacia arrête son choix sur Valley Country Day, un établissement privé où l'effectif est réduit – douze à quatorze enfants par classe – et l'instituteur expérimenté, qui sait cadrer ses élèves tout en multipliant les activités à même de piquer leur intérêt. Après s'être entretenue avec une équipe pédagogique prête à rester en lien constant avec elle, Eustacia prépare comme toujours le terrain : la veille de l'arrivée de sa fille, elle vient expliquer aux autres enfants que Temple n'est pas tout à fait comme eux, et qu'elle aura besoin d'aide…

Car ce n'est pas parce que Temple parle que tout est réglé, loin de là. Sa maîtrise des mots, de leur prononciation, reste longtemps partielle : elle estropie les syllabes et ne parvient pas toujours à se faire comprendre, ce qui la frustre profondément et occasionne les colères dont elle reste coutumière. En maternelle comme en primaire, la raideur, le ton de sa voix et ses mouvements saccadés déconcertent, suscitant les moqueries de certains enfants. On la traite de "débile" ou de "folledingue", on lui fait des croche-pieds quand elle passe entre les pupitres, on imite sa façon de se tenir et de parler jusqu'à ce qu'elle se roule par terre en donnant des coups de pied à tous ceux qui l'approchent ; lors d'une de ses crises, elle ira jusqu'à mordre au sang la jambe de sa maîtresse.

Dotée d'une autre appréhension du monde, avec un cerveau qui encode et décode les choses en passant par des canaux différents de ceux des autres petits, elle rencontre des problèmes d'apprentissage dans des domaines comme la musique – elle n'a aucun sens du rythme et bat systématiquement la mesure à contretemps – ou les mathématiques, trop abstraites et conceptuelles, trop éloignées de toute possibilité de représentation quand sa façon de penser est visuelle, associative et créative. Temple n'est pas faite pour un apprentissage linéaire et séquentiel fondé sur le langage, où l'on régurgite les informations qu'on vous a apprises.

Elle se révèle en revanche extrêmement douée pour les arts plastiques, la couture, la menuiserie, le bricolage, ainsi que la fabrication de dispositifs et d'objets de toutes sortes – costumes, maquettes… Elle comprend la leçon sur la pression atmosphérique après que l'instituteur leur a montré comment bricoler un baromètre avec une paille, du caoutchouc et une bouteille de plastique ; celle sur la Préhistoire après avoir passé un après-midi avec une de ses camarades à tailler une pointe de lance dans une pierre. Les dessins, les travaux pratiques et les visites de musée sont sa voie d'accès au savoir. Pour comprendre et apprendre, il lui faut visualiser et "vivre" les choses.

Si certains enfants la trouvent "nulle", d'autres se lient d'amitié avec elle grâce à ses idées hors normes. On est sûr de ne jamais s'ennuyer avec Temple, qui est aussi inventive pour imaginer des déguisements que pour faire des bêtises, et ses dessins de chevaux, tout comme son habileté manuelle, impressionnent certaines petites camarades, qui passent outre ses bizarreries, et même la défendent quand elle est en proie à ses fureurs incontrôlables. L'esprit de communauté du quartier où vit sa famille fait également beaucoup. Dans ce petit monde privilégié, tout de pelouses taillées chaque semaine, de mères permanentées et de paniers de cookies encore tièdes, on n'est pas dénué de préjugés envers les autres mais on se serre les coudes entre soi. Toutes les familles se connaissent et les mamans veillent au grain, appliquant le même code de bonne conduite pour tous. Pas question, ainsi, d'exclure qui que ce soit d'un anniversaire : ou tout le monde est invité, ou la fête n'aura pas lieu… Temple est toujours accueillie et

Eustacia, qui bénéficie par là d'un précieux relais pour intégrer sa fille, a également l'idée de lui dégotter des petits boulots pour qu'elle reste le plus possible au contact du monde extérieur et des autres. (Une couturière à qui elle proposera les services de la petite en expliquant son handicap sera si satisfaite du travail fourni qu'elle tiendra à la payer, ce qui ravira Temple comme sa mère.)

Eustacia n'est pas seulement attentive aux besoins particuliers de son enfant. Elle intervient aussi directement dans sa scolarité lorsque l'école indique que la petite ne parvient pas à lire et lui demande de l'aide. Elle la prend avec elle une demi-heure par jour et use de stratégies que n'auraient pas désavouées ces comportementalistes dont elle suit sans le savoir les recommandations. Elle s'attache d'abord à rendre ce moment spécial et agréable : Temple a le droit à cette occasion, et à cette occasion seulement, à la boisson de grande qu'est le thé (en réalité de l'eau chaude aromatisée au citron). Puis Eustacia utilise non un manuel de lecture, mais un roman, *Le Magicien d'Oz*, dont elle lit à haute voix des passages en s'arrêtant volontairement à un moment palpitant pour inciter son élève à poursuivre… Elle adopte enfin une autre méthode que celle utilisée en classe. Affichant l'alphabet au mur, elle s'appuie sur la phonétique pour faire lire sa fille à haute voix, d'abord juste quelques mots, puis des phrases, puis des paragraphes. Bref, elle propose une voie d'apprentissage alternative, fragmente la tâche pour la rendre plus simple, et valorise et motive Temple autant que faire se peut. Une stratégie payante : en peu de mois, la petite fille rattrape ses camarades, puis les dépasse.

Eustacia ne peut pas grand-chose, en revanche, contre la façon particulière dont Temple perçoit le monde et que celle-ci ne parvient pas forcément, du reste, à formuler. Difficile pour Eustacia de deviner que ce n'est pas par simple caprice que Temple refuse les vêtements de laine mais bien parce que leur matière la met au supplice, comme si on lui frottait la peau au papier de verre ; que lorsque la famille prend le bac en vue de rejoindre sa maison de Nantucket, Temple ne se jette pas sur le sol en hurlant parce qu'elle a le mal de mer, mais parce que la corne de brume lui donne l'impression qu'une perceuse lui vrille le cerveau. Difficile d'imaginer que le chapeau de velours bleu un peu serré qu'Eustacia a posé sur la tête de sa fille alors qu'elles partaient en voiture pour une séance d'orthophonie était si horriblement douloureux pour cette dernière – comme si on lui prenait la tête dans un étau et que ses oreilles s'étaient fondues en une seule – qu'elle l'a jeté par la fenêtre de la voiture pour s'en débarrasser, occasionnant du même coup un accident qui faillit leur coûter la vie.

De même, si la mère de Temple a constaté que celle-ci rejetait les tentatives de câlins, et qu'il suffisait parfois qu'on l'effleure pour qu'elle tressaille et se recule d'un bond, elle ignore que la petite n'en a pas moins terriblement besoin de contact. Temple a soif du bien-être et de la détente qu'il procure et ne recherche pas autre chose quand elle se glisse sous les draps et couvertures d'un lit qu'elle a bordé très serré ou lorsqu'elle porte des bouts de carton à la manière d'un homme-sandwich. Devenue trop grande pour se réfugier sous les coussins du canapé, elle commence à rêver d'un dispositif qui exercerait sur tout son corps une pression continue, qu'elle pourrait régler et contrôler d'un bout à l'autre du processus afin de pallier ses dysfonctionnements physiologiques et d'éviter l'overdose sensorielle. Elle expérimente de multiples modèles dans sa tête, allant du costume de plastique gonflable à l'enclos chauffant miniature. La "machine à serrer" tourne très vite à l'obsession.

Comme la plupart des autistes, Temple a des idées fixes. Celle de la machine la suivra toujours, d'autres sont plus éphémères. En primaire, elle se prend ainsi de passion pour l'élection du gouverneur et tient à ce propos – elle qui n'était pas capable d'articuler un mot à trois ans ! – des discours à n'en plus finir, quand elle ne passe pas ses après-midis à coller ou décoller des affiches sur tel programme ou candidat. Les logorrhées tournant jusqu'à la nausée autour d'un seul et unique sujet, de même que les fous rires incompréhensibles dont elle est saisie, ou encore l'habitude qu'elle a prise de poser toujours les mêmes questions, encore et encore, pour obtenir les mêmes réponses, sont considérés comme des excentricités de sa part quand ce sont en réalité autant de manières d'apaiser un cerveau en surchauffe, de réguler un système nerveux surexcité. Ses manies l'apaisent. Au sein d'un monde sans rime ni sens, Temple avance à la façon d'un moteur qui explose à intervalles plus ou moins réguliers.

Cette manière de fonctionner, ou plutôt de survivre, déjà difficile à appréhender pour son entourage, peut aboutir au désastre quand elle est confrontée à des inconnus. Dans la colonie de vacances où ses parents l'ont inscrite pour l'été en milieu de primaire, une remarque d'un garçon sur son absence de seins, suivie des explications d'une fille sur le fait que ces derniers servent à nourrir les bébés tandis que les garçons ont autre chose qui permet de les faire, amène Temple à demander en toute innocence à un de ses camarades s'il peut lui montrer son pénis, puis de se mettre à répéter en boucle tout un vocabulaire sexuel que les uns et les autres lui jettent à la tête avec d'autant plus de malice – de cruauté ? – qu'elle ne semble pas en saisir la signification.

Les responsables de la colonie, embarrassés, font comme si de rien n'était. Nul n'arrête le flot de questions de Temple sur les bébés et leur "fabrication", nul ne lui explique qu'employer certains mots n'est pas convenable, que certaines choses ne se disent pas, ne se font pas. Et quand une infection urinaire l'envoie à l'infirmerie – où le fait qu'elle se gratte est évidemment interprété comme de la masturbation –, ils sautent sur l'occasion pour appeler Eustacia et lui demander de venir chercher une Temple gavée de calmants, en lui tenant au passage tout un discours sur la précocité sexuelle anormale de la fillette…

L'incident en dit long sur les incompréhensions, complications et persécutions qui attendent Temple hors d'un milieu protégé comme son école ou son voisinage. Il lui vaut également de retrouver le docteur Stein l'espace de deux ans, lors de sessions hebdomadaires où, toujours en quête de la blessure psychique ou autre conflit inconscient qui serait à l'origine des troubles de sa jeune patiente, il lui offre des M&M's tout en l'interrogeant longuement sur ses relations avec les autres, les gens qu'elle aime, les gens qui l'aiment, les activités qu'elle pratique avec son père et ainsi de suite. Ces "coûteuses heures de thérapie", pour reprendre les termes qu'emploiera Temple à l'âge adulte, se révèlent "infiniment moins utiles" que les initiatives d'Eustacia : on ne peut déceler ce qui n'existe pas. L'entreprise du docteur Stein est vouée à l'échec mais au moins Temple n'en souffre pas ; elle aime bien le médecin, lui est reconnaissante des conseils et de l'appui qu'il offre à sa mère et n'a rien contre ces entrevues durant lesquelles elle joue et bavarde tout en contribuant, pour son plus grand plaisir, à la prospérité de M&M's.

PAUL

En cette année 2015 où Adrien et moi nous mettons en quête d'une prise en charge pour Paul, le contexte n'est guère favorable. La France a déjà été condamnée à cinq reprises par le Conseil de l'Europe pour discrimination à l'égard des enfants autistes, défaut d'éducation, de scolarisation et de formation professionnelle. Cette (quintuple) gifle est à l'origine des trois "plans autisme" que le pays a successivement adoptés. On a créé des centres de ressources autisme (CRA) par région pour guider les familles, édicté des lois, annoncé qu'on allait multiplier les places d'accueil et former les professionnels – pédiatres, personnel de la petite enfance, éducateurs, auxiliaires de vie scolaire, mais aussi instituteurs et enseignants.

On a promis plus d'argent pour la recherche scientifique, pour le diagnostic et l'intervention précoces, le soutien aux familles, l'accompagnement des autistes à tous les âges, la sensibilisation du public comme des acteurs de la santé. On a rédigé nombre de rapports, de recommandations et de circulaires ; on a même nommé l'autisme "grande cause nationale". Mais le résultat de tous ces grands gestes, de tous ces grands mots, reste, au mieux, médiocre. Les compétences et le professionnalisme des CRA varient terriblement d'une région à l'autre. Seulement 20 % des enfants autistes vont à l'école, contre 100 % en Italie ou 80 % en Angleterre. Et alors que la maladie touche près de 1 % de la population (700 000 personnes), que 6 000 à 8 000 bébés autistes naissent chaque année, on propose de créer au plus 820 places d'accueil par an dans un système déjà totalement engorgé…

Le manque de structures est encore plus criant pour les adultes, et du fait de cette tragique pénurie, la plupart des autistes végètent chez leurs parents jusqu'à leur mort, sont exilés dans des établissements belges au mépris des bouleversements que cela entraîne pour les familles, ou pire, atterrissent en hôpital psychiatrique où on leur administre des doses de cheval de tranquillisants et de neuroleptiques qui leur font perdre leurs facultés tout en triplant leur poids. Dans ces lieux aménagés pour les personnes atteintes de maladie mentale ou de déficit intellectuel alors que l'autisme n'est ni l'une ni l'autre, le personnel soignant n'a pas reçu la formation adéquate. Il ignore comment s'occuper de ces adultes souvent violents avec lesquels il est difficile ou impossible de communiquer parce qu'eux-mêmes n'ont bénéficié d'aucun traitement digne de ce nom. Faute de savoir comment s'adresser à eux, on en fait des épaves – un pseudo-traitement qui en plus d'être inadapté coûte un prix astronomique à la société.

Le tableau est terrifiant mais dans notre malheur, Adrien et moi disposons de quelques atouts. Nous habitons Paris, où il existe une offre de soins adaptés pour peu qu'on y mette le prix, et d'après nos calculs, nous avons les économies suffisantes pour payer une année de prise en charge comportementale pour Paul en libéral. Si l'Assurance maladie rembourse les séances d'orthophonie, la psychomotricité et le programme éducatif ABA ("analyse comportementale appliquée") restent en effet à notre charge. Ce qui revient à sortir de 2 000 € à 2 500 € par mois, selon le nombre d'heures dont profitera Paul. La maison départementale des handicapés peut nous attribuer une aide – de 130 € à 1 250 €, selon la gravité du trouble et les sacrifices requis de l'entourage – et là encore, vivre dans la capitale est un avantage : toutes les MDPH ne disposent pas du budget de celle de Paris, ainsi que d'une commission comprenant un médecin au fait des particularités de l'autisme – un médecin qui nous convoque, discute avec nous, voit Paul et peut donc se faire une idée très concrète de ses troubles comme du profil de ses parents.

Le dossier de plus de vingt pages à déposer auprès de la MDPH est une épreuve en soi, entre la rédaction du projet de vie, le certificat médical à faire remplir et les justificatifs, bilans, attestations et devis à fournir. Par bonheur, mon mari et moi sommes habitués, par nos études et nos métiers, à argumenter et à formuler notre pensée avec clarté, et savons établir un budget – Adrien s'en est chargé maintes fois pour ses projets de recherche. Nous plaidons notre cause avec le bon mélange de raison et d'éloquence. Une circonstance supplémentaire nous favorise : le gouvernement a mis le diagnostic précoce au cœur du dernier plan autisme. Sans cela, en effet, il n'y a par définition aucune intervention précoce possible, et les chances d'un enfant autiste de pouvoir acquérir tout ou partie des compétences dont il a besoin pour se développer et s'intégrer – et accessoirement coûter moins cher, à terme, à la société – se réduisent dramatiquement. Or les petits souffrant de TSA sont détectés vers cinq six ans en moyenne en France, contre un à deux ans aux États-Unis… À vingt-deux mois, Paul se situe dans la tranche qui a été décrétée prioritaire et après quelques déconvenues, je réussis à obtenir un rendez-vous dans des délais corrects au sein d'un établissement de référence, l'hôpital Robert-Debré. S'il avait été plus âgé, notre fils aurait rejoint la cohorte des centaines de milliers d'enfants et d'adultes forcés d'attendre non pas quelques semaines mais plusieurs années la batterie de tests permettant officiellement d'aboutir à un diagnostic…

L'hôpital ne peut pas prendre en charge le traitement de Paul – cela fait belle lurette que son personnel, débordé, n'est plus à même de recevoir de nouveaux patients autrement que pour le diagnostic –, mais un pédopsychiatre nous reçoit tous les trois et remplit le fameux certificat dont nous avons besoin en y apposant le précieux tampon de Robert-Debré, gage de sérieux. La description clinique du cas de Paul ne nous apprend rien que nous ne sachions déjà, mais voir les mots inscrits noir sur blanc nous serre le cœur : "Absence de langage verbal et non verbal", "déficit de l'interaction sociale", "jeux répétitifs et stéréotypés", "intolérance au changement", "autostimulations sensorielles", "retard des compétences cognitives", "pas de réponse à l'appel de son prénom ou aux consignes simples", "n'initie pas d'interaction avec les pairs ou l'adulte"… La maladie de notre fils, notre petit bonhomme à l'adorable frimousse et au sourire lumineux, est désormais officielle. Paul est notre enfant, il le sera toujours, nous l'aimerons toujours – plus, peut-être, que s'il ne souffrait pas de ce handicap –, mais ce que son père et moi avons pris pour des caprices ou des singularités sont devenus des symptômes. Paul reste Paul, rien n'a changé. Et pourtant tout a changé.

Peu après, Paul entame sa semaine de tests d'orthophonie, de psychomotricité, etc., au sein de Robert-Debré, ponctuée d'accès de fatigue et de crises. Il ne comprend évidemment pas pourquoi on s'obstine à l'emmener, à des horaires étranges, dans ces salles blanches où des inconnus lui parlent, lui présentent des objets – poupée, dînette, faux téléphone, brosse… – et guettent ses réactions, qu'ils notent et annotent. Contrairement à la grippe, au cancer des poumons ou à la rougeole, l'autisme ne possède pas de marqueur biologique ; ce n'est pas via une analyse de sang, d'urine ou de salive qu'on le diagnostique, mais par une observation et une évaluation des comportements qui s'appuient sur des échelles développementales standardisées. Le diagnostic ne permet pas en soi de déterminer l'origine de la maladie, qui peut aussi bien être une hémorragie cérébrale qu'un problème génétique – si l'on en croit l'Institut Pasteur, quelque cent quarante gènes sont associés à l'autisme et l'on en découvre régulièrement de nouveaux.

Ce que l'équipe de Robert-Debré s'attache à déterminer, c'est l'âge développemental de Paul (a-t-il les compétences d'un enfant de six, neuf ou dix-huit mois en termes de communication, de motricité, de jeu ?). En complément, des techniques d'imagerie sont utilisées pour révéler d'éventuelles anomalies du cerveau et une exploration génétique est lancée. Il arrive qu'on identifie un défaut précis (le syndrome de l'X fragile, où un gène du chromosome X est brisé, constitue ainsi une sous-catégorie de l'autisme), mais la plupart des explorations n'aboutissent que des années après, ou bien n'aboutissent nulle part. Car la cause peut parfaitement être épigénétique ; auquel cas les séquences ADN ne comportent pas d'anomalie mais certains gènes, parce qu'ils ont été mal lus et que le décodage a été perturbé par l'environnement au sens large, synthétisent trop (ou au contraire trop peu) des molécules dont l'organisme a besoin. On a ainsi découvert que l'exposition à l'acide valproïque de la Dépakine, un antiépileptique, modifiait non des gènes, mais leur expression, conduisant à une multiplication des cas d'autisme chez les enfants dont les mères s'étaient vu prescrire le médicament.

Dans le même temps, Adrien et moi remuons ciel et terre pour apporter à Paul une aide conforme aux préconisations inscrites à grand renfort de majuscules sur le certificat : "Prise en charge multidisciplinaire URGENTE et INTENSIVE intégrant programme psychoéducatif avec guidance parentale à domicile (méthode comportementaliste type ABA), orthophonie (deux séances par semaine), psychomotricité (une séance par semaine), formation pour les parents (PECS* et ABA), scolarisation en milieu ordinaire en septembre 2016 avec AVS individuelle à

* Le Picture Exchange Communication System ou PECS est un système de communication par échange d'images qui a été développé aux États-Unis et est destiné aux personnes n'ayant pas acquis le langage verbal.

temps plein formée aux méthodes comportementales." Nous sollicitons notre entourage proche et moins proche, du mari de Lise qui dirige une boîte de conseil dans le secteur de la santé à l'ancienne directrice commerciale de ma maison d'édition reconvertie dans l'orthophonie ; passons des coups de téléphone et envoyons des mails par dizaines, jetant des bouteilles à la mer au gré des recherches sur internet comme par le bouche à oreille. Nous écumons les associations, les centres de formation, les listes de professionnels déposées au CRAIF (le Centre de ressources autisme d'Île-de-France).

Certains ne répondent pas, d'autres répondent qu'ils n'ont pas de place mais donnent des noms et de fil en aiguille, par une conjonction de hasards, d'obstination des uns et de bonne volonté des autres, nous parvenons à mettre en place une équipe aux airs de PME. L'orthophoniste et la psychomotricienne sont familières de l'ABA, et grâce à une association fondée par des anciens de Robert-Debré, trois thérapeutes viendront appliquer à domicile un programme établi par une psychologue spécialisée qui les supervisera régulièrement et sera elle-même supervisée par une BCBA – une psychologue certifiée en analyse du comportement –, suivant un système pyramidal qui permet d'affiner la prise en charge.

Si l'on en croit les bilans réalisés, Paul, à deux ans, a le niveau d'expression d'un enfant de neuf mois, le niveau de compréhension verbale et non verbale d'un enfant de seize mois, la dextérité manuelle et les coordinations fines d'un enfant de dix-huit mois. Il n'a pas de retard moteur majeur et possède les prérequis nécessaires au développement du langage oral, comme le babillage et l'attention conjointe, c'est-à-dire la capacité à partager un événement avec autrui, à attirer et maintenir une attention commune sur un objet ou une personne (comme quand un enfant montre un avion dans le ciel à ses parents). Son air intéressé lorsqu'on lui chante une comptine avec gestes en témoigne. Mais sa coopération est fluctuante, son regard fuyant, sa concentration nulle. Il ne prend pas toujours en compte la présence des autres personnes dans la pièce, imite très peu quand on l'y invite, et de façon décalée. Il n'utilise pas les objets de manière fonctionnelle – il préfère mordre ou jeter à grand bruit les pièces de puzzle et d'encastrement plutôt que s'en servir correctement, et le plaisir sensoriel qu'il en retire concurrence dangereusement le jeu "classique" qui lui permettrait d'acquérir les compétences qui lui manquent.

Tout comme la gouvernante de Temple autrefois, les thérapeutes vont utiliser des activités ludiques pour aider notre enfant à combler son retard. La psychomotricienne, Alina, compte par exemple mettre à profit les stimulations sensorielles pour accompagner Paul dans une meilleure conscience de son corps, afin qu'il passe du corps "perçu" au corps "connu". L'orthophoniste, Gwenaëlle, veut augmenter ses oralisations en l'incitant à l'imiter quand elle parle dans un micro résonnant – lequel, espère-t-elle, donnera aux sons une texture qui intriguera Paul – lors de comptines à gestes – qu'il observe déjà avec attention – ou quand elle produit des bruits d'animaux – les "ouaf, ouaf", "miaou" et autres "coa, coa" émis tout en brandissant figurines de chien, de chat et de grenouille... Proposant à leur jeune patient toutes sortes de jeux et d'accessoires dans l'espoir de le motiver (foulards colorés, balles à picots, perles de bois à enfiler…), elles travailleront l'une et l'autre à développer ses capacités de pointage, à favoriser la diversification de ses intérêts, à multiplier les interactions plaisantes. Il faut que notre fils aime communiquer et qu'il en comprenne l'intérêt.

De fait, après une dizaine de séances, Gwenaëlle note un meilleur contact visuel et une meilleure coopération du petit, qui accepte plus facilement d'être guidé lors des tâches qu'on lui assigne. Ses vocalisations sont plus riches, il peut parfois pointer pour obtenir l'objet qu'il désire lorsqu'on lui en présente deux, imiter l'orthophoniste quand elle souffle pour faire des bulles et lui faire un signe d'au revoir à la fin de la séance. Polo se rend volontiers aux séances d'orthophonie et de psychomotricité et fait de grands sourires à Gwenaëlle et Alina lorsqu'il les retrouve.

TEMPLE

Le passage au collège est loin d'être aisé pour Temple. Les locaux de l'externat privé pour filles de Cherry Hill, à Norwich (Connecticut), bien plus vastes que ceux de l'école de Valley Country Day, accueillent des classes de trente à quarante élèves – trois fois plus que ce à quoi elle était habituée. En primaire, treize élèves travaillaient en silence sur le même exercice, sous la houlette d'un seul maître qui enseignait toutes les matières ; ici, une flopée de professeurs tâchent de dispenser leur savoir à des jeunes gens qui se bousculent dans les couloirs surpeuplés, bavardent et rient en se moquant bien de faire exploser le niveau de décibels, et l'établissement entretient des liens beaucoup moins étroits avec Eustacia que le précédent. Temple souffre évidemment du monde, du bruit, de la confusion, et se sent isolée comme jamais. Ses rares amies de primaire sont devenues des adolescentes qui n'ont plus que mépris pour ses activités de "bébé" et ses nouvelles camarades se préoccupent de vêtements, de sorties et de garçons, alors qu'elle se moque de son apparence, lit des romans de SF, se passionne pour les maquettes d'avion, regarde la série *Au-delà du réel*. *Star Trek* viendra bientôt, où elle s'identifiera à monsieur Spock, puis à Data, deux êtres uniquement gouvernés par la rationalité qui observent le comportement des humains sans parvenir à comprendre leurs motivations dès lors qu'elles relèvent de l'émotion.

Temple est une vraie nerd, mais une nerd qui ne réussit ni en mathématiques, ni en quoi que ce soit d'ailleurs, mis à part les disciplines qui requièrent des compétences pratiques (couture, cuisine, fabrication de bijoux…) et la biologie, où l'apprentissage repose davantage sur le visuel. L'enseignement des autres matières est trop abstrait ; elle ne parvient pas à comprendre les cours et s'ennuie. S'ennuyant, elle imagine des farces pour se distraire – cacher les habits de camarades lors des cours de gym, attacher les cordons des stores dans les classes aux pupitres des élèves afin que tout s'écroule lorsque ces derniers les ouvrent –, ce qui n'améliore pas une intégration déjà problématique. Personne n'apprécie vraiment cette grande fille à la voix terne et à la silhouette voûtée, aux réactions impulsives et aux idées étranges, qui répond toujours à côté quand on lui parle, interrompt brusquement les conversations et pique des colères démesurées, distribuant des claques à tous ceux qui se moquent d'elle. Temple est différente des autres à une période de la vie où personne ne souhaite être différent, ne comprend ou n'accepte la différence, et même la méprise.

À maintes reprises, Cherry Hill contacte Eustacia pour lui parler des problèmes relationnels et scolaires de Temple. Elle s'en alarme, le docteur Stein qui connaît le directeur de l'établissement lui écrit pour expliciter les particularités de Temple, et la jeune fille finit par cesser ses farces – sans que ses résultats s'améliorent. Le statu quo dure deux ans et demi. Puis un jour, une élève insulte Temple avec un sourire railleur tandis qu'elle la dépasse pour aller en cours de musique : "Attardée ! T'es rien qu'une attardée !" Aussitôt, Temple lui lance le livre d'histoire qu'elle tenait et l'atteint à l'œil, provoquant des hurlements qu'elle accueille sans réagir autrement qu'en se détournant pour rentrer chez elle ; elle ne ramasse même pas le manuel tombé à terre. L'incident lui vaut d'être renvoyée dans la soirée : furieux, le directeur de l'externat appelle chez elle pour lui annoncer qu'elle aurait pu rendre aveugle sa camarade et, sans lui laisser la possibilité de donner sa version des faits, lui déclare tout de go qu'elle n'aura pas besoin de revenir après les vacances.

La consternation est grande chez les Grandin. Dick, qui s'est toujours plaint du comportement de Temple et ne lui a jamais rien passé – alors même qu'il devrait reconnaître en elle son propre tempérament, irascible et impatient –, en profiterait bien pour placer sa fille dans une institution, mais Eustacia intervient une nouvelle fois et lui arrache son consentement à une autre solution. Quelque temps auparavant, elle a écrit deux documentaires pour des chaînes de télévision, l'un sur les enfants atteints de retard mental, l'autre sur les enfants souffrant de troubles affectifs, et elle a visité à cette occasion une école fondée par un psychologue et une enseignante, Mountain Country, dans le Vermont, dont elle pense qu'elle pourrait convenir à Temple. Entouré de quelque huit cent cinquante hectares de montagnes, de ruisseaux, de prés et de lacs, le pensionnat n'accueille que trente-deux élèves – ce qui permettra un suivi plus individualisé de Temple – et dispose non seulement de classes, d'une bibliothèque et d'une cafétéria, mais aussi d'une laiterie, d'une bergerie et d'étables où les élèves peuvent donner un coup de main. Outre les cours classiques, l'école propose de partir en excursion, de faire du camping, du cheval, du patin à glace, du ski, du canoé, de s'adonner à l'artisanat, à la pêche, au ballet, au théâtre... Tout pour s'épanouir, en somme.

Les fondateurs de l'école veulent redonner une chance à des jeunes gens comme Temple, dont ils considèrent qu'ils sont doués et/ou incompris. Ils tolèrent certaines lacunes, dans le domaine scolaire ou personnel, pourvu que les élèves puissent s'accomplir pleinement dans des champs spécifiques. L'idée est de leur apprendre à vivre en communauté avec toutes les responsabilités que cela implique, à travailler sur leurs problèmes émotionnels – ainsi des coups de sang de Temple – et par là sur leur intégration, quitte à leur proposer une thérapie directe s'ils le désirent. Une équipe est en place pour les aider à se fixer des limites et à s'autodiscipliner.

Dès le premier jour, Temple en fait l'expérience : parce qu'elle a donné une gifle à une fille, Phoebe, qui lui est passée devant au moment du dîner, elle est prise à part par une responsable qui cette fois lui demande sa version des faits, avant de lui confirmer que Phoebe a bien eu tort de couper la queue – tout comme Temple a eu tort d'employer la force pour le lui signifier. La jeune fille comprend mais continue de distribuer des claques au moindre conflit et puisque ni les raisonnements ni les menaces n'y font rien, Mountain Country use d'une arme de dissuasion massive : on prive Temple de cheval pour une semaine après qu'elle a une nouvelle fois giflé un garçon qui avait ri de la voir se prendre le pied dans un arceau de crochet. Elle qui n'aime rien tant que monter des heures durant en tire aussitôt la leçon et cesse de régler les disputes avec ses poings.

Le comportement de Temple s'améliore alors qu'elle est dans le même temps dévorée par l'anxiété. Pour quelqu'un que la moindre modification dans son quotidien perturbe, quitter un environnement familier depuis toujours – sa famille, la maison où elle a grandi, le quartier où tout le monde sait qui elle est – pour s'installer en Nouvelle-Angleterre, dans un internat situé à mille cinq cents mètres d'altitude où elle doit se plier à de nouvelles règles et se confronter à des dizaines d'inconnus est évidemment une épreuve – au point que Temple se met à porter toujours le même blouson et le même type de vêtements, et refuse d'emménager dans une chambre plus vaste et confortable quand on le lui offre tant elle craint que cette nouveauté supplémentaire lui soit intolérable.

Ces réactions sont amplifiées par les bouleversements hormonaux liés à la puberté, qui provoquent chez elle de véritables attaques de panique – mains moites, jambes qui tremblent, corps en sueur, bouche qui s'assèche, cœur qui bat à tout rompre… Recevoir un coup de téléphone ou chercher son courrier suffisent à susciter des questionnements sans fin et à faire naître un stress hors de proportion – sans parler de participer aux excursions. L'existence de Temple tourne tout entière autour de ces crises qui gouvernent jusqu'à son alimentation (elles provoquent des coliques telles qu'elle en est réduite à se nourrir uniquement de yaourts et de gelées de fruits). Face à ces dérèglements physiologiques contre lesquels les tranquillisants sont inefficaces, les comportements stéréotypés et les fixations de la jeune fille se multiplient. Elle ne trouve de (bref) répit que quand elle s'épuise dans des travaux physiques intenses ou des galops sans fin.

Ces pics de stress contribuent à l'éloigner de camarades à qui elle doit déjà, du fait de sa propension à répéter les choses en boucle ou de son apparence physique, les aimables surnoms de Magnétophone, Tas d'Os et autres Cheval de Trait : le teint pâle et les cheveux coupés court, Temple est maigre, avec un visage anguleux, effectivement chevalin. Elle prête peu d'attention à ses tenues et ne songe pas le moins du monde à se mettre en valeur, mais ce n'est pas de ce fait que, comme à Cherry Hill, elle reste à part sans comprendre pourquoi. Elle ne sait pas, elle n'a jamais su qu'il existe non seulement une communication verbale qu'elle ne maîtrise qu'en partie, incapable comme elle l'est de saisir les non-dits, les allusions, les métaphores ou l'ironie, mais encore une communication non verbale qu'elle ne maîtrise pas du tout.

Personne ne lui a expliqué que ne pas rendre un sourire ou ne pas regarder quelqu'un en face quand il vous adresse la parole n'est pas l'usage. Puis Temple ignore que le ton de voix, les attitudes, les manières, les expressions des visages sont autant d'indices sociaux que les autres déchiffrent spontanément, au fil de l'eau. Comment peut-elle l'imaginer quand une bouche qui se tord ou un froncement de sourcils ne signifient rien pour elle ? Elle constate simplement qu'il existe un fluide subtil qui passe entre les uns et les autres dont elle est exclue ; un courant naturel dont elle semble toujours briser l'harmonie quand elle tente de se joindre aux conversations.

De même qu'il lui était impossible, petite, de battre la mesure d'une musique avec les autres enfants, elle est incapable de suivre le rythme d'un échange et de saisir le moment où l'on peut s'immiscer, rebondir, relancer. Toujours, elle interrompt et dérange. Du fait de ses mots abrupts, de ses hésitations et de ses répétitions, de sa voix trop forte, de son ton trop brusque, elle gêne, ennuie, offense. Et dans le même temps, n'en a nulle conscience. Elle qui croyait autrefois que les adultes, dont elle ne réussissait pas à saisir les paroles tant ils parlaient vite, avaient leur propre langage, se demande parfois si les autres élèves n'usent pas d'une forme de télépathie tant ils semblent instinctivement se comprendre.

À Mountain Country, Temple adore le cheval et le ski, et se montre comme toujours endurante et douée quand il s'agit de travaux manuels : elle aide très volontiers des ouvriers à construire une extension de l'établissement et confectionne sans ménager sa peine les costumes pour le spectacle de l'école. Mais c'est grâce au club de modèles réduits de fusées et au club d'électronique qu'elle parvient malgré ses problèmes à dialoguer avec quelques condisciples. Les intérêts partagés lui permettent de tisser des liens tandis que le professeur de sciences, monsieur Carlock – qui préside le club de modèles réduits de fusées –, remarque ses talents pour la mécanique et l'ingénierie et la prend sous son aile. Esprit original qui ne s'en tient ni aux étiquettes ni aux apparences, cet ex de la Nasa sait parler à Temple et lui redonne confiance en elle. Elle apprécie qu'il n'essaie ni de la changer ni de lui faire la leçon, mais l'accepte telle qu'elle est et désire simplement qu'elle puisse tirer le meilleur parti de ses capacités. Il devient son mentor et son confident.

C'est monsieur Carlock qui l'éclaire sur les interactions et les comportements des autres élèves quand elle n'en saisit pas le sens et les nuances. C'est lui qui quand elle lui rapporte, en larmes, qu'une camarade lui a affirmé que les garçons ne l'aimaient pas parce qu'elle n'avait pas de sex-appeal, lui répond tranquillement – plutôt que de hausser les épaules, rire, mentir, ou contourner la difficulté en lui disant de ne pas s'inquiéter – qu'elle a beaucoup de talent, et que ce qui fera qu'on viendra vers elle plus tard ne sera pas seulement "quelque chose de physique mais aussi d'intellectuel". C'est également lui qui lui fait remarquer, un jour, que sa voix est devenue plus expressive, moins "terne" (sans doute parce qu'elle est moins sur ses gardes et commence à s'adapter).

Temple, qui n'est pas plus à même de détecter les anomalies dans son attitude, son visage ou son intonation que d'interpréter l'attitude, le visage ou l'intonation de ses interlocuteurs, en reste interloquée. Plus tard, elle dira son regret de ne pas avoir bénéficié de séances d'orthophonie en lieu et place des centaines d'heures passées sur le divan. Plutôt que de sonder son moi profond à la recherche de traumas inconscients ou de secrets inavoués, confiera-t-elle avec cette objectivité dénuée d'affect propre aux autistes, les psychologues auraient mieux fait de lui dire que sa présentation posait problème : elle aurait pu se filmer et s'enregistrer et en se réécoutant et s'observant, travailler son débit, son ton, sa gestuelle… Au lieu de quoi elle a mis des années à comprendre que c'était à cause de cela qu'on la rejetait, qu'on refusait de lui parler ou qu'on la traitait d'"attardée".

Non content de guider Temple dans le labyrinthe des relations humaines comme le ferait le coach d'un acteur dans une pièce de théâtre, monsieur Carlock va également jouer un rôle décisif dans sa scolarité – et par là, son avenir. Un premier déclic s'est produit le jour où le professeur de psychologie, monsieur Brooks, l'a mise au défi de résoudre une énigme fondée sur une illusion d'optique : la chambre d'Ames, où se tiennent deux personnes dont l'une paraît deux fois plus grande que l'autre alors qu'elles sont en réalité de la même taille. Intriguée, Temple a passé six mois sur ce problème, devenu sa nouvelle idée fixe. Elle a construit une flopée de modèles en carton qu'elle n'a cessé de reprendre et de modifier, se rapprochant peu à peu de la solution. Elle dont les résultats étaient jusque-là déplorables a même commencé à étudier des matières qu'elle jugeait précédemment ennuyeuses dans l'espoir d'y glaner des éléments qui l'aideraient à comprendre comment la chambre d'Ames était bâtie. L'expérience a levé un coin de voile sur son fonctionnement : comme tout un chacun, Temple a besoin de motivation, et il est possible d'utiliser ses tendances obsessionnelles de façon à canaliser son énergie et son intelligence vers un projet constructif.

PAUL

Grâce à l'ex-directrice commerciale de ma maison d'édition qui s'est reconvertie dans l'orthophonie, Adrien et moi nous inscrivons à des formations destinées aux professionnels dispensées par un organisme – EDI Formation – qui accepte également les parents d'enfants avec TSA. C'est la première d'une longue série : nous assisterons également à celles du CRAIF, de l'hôpital Robert-Debré et d'associations de parents comme celle que nous avons intégrée avec Paul, Les Petits Bleus. C'est notre manière à la fois de lutter et de nous protéger contre la violence du diagnostic : accumuler les connaissances, analyser et comparer les données, mettre en forme, réfléchir, tenter de comprendre et d'apprendre, comme nous l'avons toujours fait dans nos études, dans notre travail, dans notre vie – comprendre le fonctionnement de Paul et apprendre comment on peut lui venir en aide, sortir de l'ignorance pour sortir de l'impuissance, rester debout quand on est tenté de s'écrouler, de céder, d'oublier.

D'un cours à l'autre, nous retrouvons des thèmes, des idées, des conjectures. D'un point de vue cognitif, on s'est longtemps demandé si l'autisme n'était pas lié à un dysfonctionnement des neurones miroirs, ces cellules nerveuses qui s'activent lorsqu'on exécute une action mais aussi lorsqu'on voit quelqu'un exécuter ladite action ; raison pour laquelle on bâille en voyant quelqu'un bâiller, on rit avec quelqu'un qui rit ou on se sent près des larmes face à un ami qui pleure. Les dernières recherches en neuro-imagerie ont infirmé cette hypothèse tout en révélant que la connectivité du cerveau d'une personne avec autisme n'est pas la même que celle du cerveau "neurotypique". Elle est tantôt moindre, tantôt supérieure, selon les zones, et l'information y est traitée et y circule d'une façon différente : d'où la surstimulation, la sensorialité singulière ou la perception chaotique du monde. Si l'on veut tenter de se représenter les cas les plus sévères, il faut imaginer quelqu'un qui verrait les choses à travers un kaléidoscope et entendrait une radio brouillée par les parasites dont le bouton du volume est cassé, si bien qu'on passerait sans transition du ballon de baudruche qui vous éclate dans l'oreille aux chuchotis à peine audibles. Ajoutons à cela un constant état de terreur et de surexcitation mêlées lié aux dysfonctionnements d'un système nerveux hypersensible, et on ne s'étonnera plus de l'épouvante suscitée par un environnement inconnu ou des crises consécutives à un changement d'habitudes...

Parce que ses circuits neuronaux sont reliés autrement, ou parce que certains sont coupés, il manque à Petit Paul des facultés dont disposent les enfants ordinaires, comme la capacité de se mettre à la place de l'autre – ce que les scientifiques appellent la "théorie de l'esprit". Une formatrice nous en donne une idée concrète avec une vidéo d'un enfant devant qui on secoue une boîte de Smarties en l'interrogeant sur ce qui s'y trouve. "Des Smarties", suppose-t-il logiquement. L'adulte montre que la boîte contient en réalité des raisins secs et la referme avant de réinterroger le petit : "Si je demande à Jeanne, qui vient d'entrer, ce que contient cette boîte, que va-t-elle me dire ?" Un enfant ordinaire répondra : "Des Smarties." Un enfant avec autisme : "Des raisins secs." La plupart ne possèdent pas l'aptitude à attribuer des états mentaux à l'autre, à se représenter ses intentions, ce qu'il veut, désire, envisage…

Ils souffrent aussi de déficits des "fonctions exécutives", ces mécanismes de pensées qui permettent de planifier les choses étape par étape et de résoudre les problèmes qu'on vous pose (le contrôle de soi, l'adaptation de stratégies, la capacité à chercher des solutions de façon organisée…), ainsi que de problèmes de "cohérence centrale" : ils sont excessivement attentifs aux détails quand une personne neurotypique perçoit un schéma global. De là vient leur talent inhabituel pour des jeux comme "Où est Charlie ?", qu'ils parviennent à repérer à une vitesse défiant toute concurrence, mais aussi leur quête de structure, d'activités répétitives et d'immuabilité au sein d'un monde qui leur apparaît comme une masse de fragments invraisemblablement désordonnée. Discernant les parties mais non le tout, ils ont énormément de mal à synthétiser les informations qu'ils recueillent, à les mettre en perspective et à les contextualiser. Donner un sens aux choses est de ce fait très compliqué ; ils se trompent sur ce qu'il faut comprendre et, partant, sur ce qu'il faut dire et faire.

Adrien et moi nous initions aux particularités cognitives de l'autisme mais aussi aux grands principes de l'ABA, dont les tenants postulent qu'il est possible pour un enfant autiste de remédier à ses difficultés d'apprentissage grâce à un entraînement intensif. L'analyse comportementale appliquée repose, nous explique-t-on, sur un schéma "ABC" – Antecedent, Behavior, Consequence : un antécédent (entendre la sonnerie du téléphone, par exemple) précède un comportement (décrocher le combiné) qui a une conséquence (entendre la voix d'un ami). Tous les comportements s'insèrent dans une chaîne ABC et tous ont une fonction : obtenir de l'attention, obtenir quelque chose de concret (de la nourriture, un objet), échapper à quelque chose, s'autostimuler... Ils tendent à se reproduire – ils se "renforcent" – chaque fois que la conséquence est positive : si un enfant apercevant des bonbons dans un supermarché (A) se met à hurler (B) pour en avoir et que sa mère cède et lui en donne (C), il continuera de hurler pour obtenir des friandises.

Autistes ou non, nous adoptons tous la stratégie qui nous permet d'obtenir le plus simplement et le plus rapidement possible ce que nous voulons – la moins "coûteuse". Si l'on veut modifier un comportement indésirable (l'enfant qui hurle), il faut avant tout "faire extinction", c'est-à-dire cesser de "récompenser" ce comportement (ne plus donner des bonbons). Et dans la mesure du possible, enseigner un comportement alternatif – ici, une première étape consisterait à apprendre au petit à pointer les bonbons, ou bien dire "bonbon", ou encore à tendre une image représentant des bonbons. Naturellement, plus les habitudes sont ancrées, plus il est long et difficile de s'en défaire – il faut donc s'attendre dans un premier temps à une augmentation des protestations, voire à de véritables crises de rage du gamin, et tenir bon, le temps qu'il comprenne que piquer une colère ne l'amènera nulle part et qu'il existe une autre voie possible – moins "coûteuse", donc – pour accéder à ce qu'il veut.

Pour amener un petit qui ne communique pas d'instinct à dire un mot ou tendre une image, pour lui enseigner quoi que ce soit de manière générale, on utilise des renforçateurs, soit des éléments qui amènent un comportement à se reproduire. Des récompenses, pour le dire vite ; c'est entre autres ce qui a valu aux comportementalistes l'accusation de vouloir dresser les enfants comme des singes savants. (À quoi l'on rétorquerait volontiers que, a priori, apprendre à un petit garçon à ne pas hurler quand il veut des friandises – ou à attendre en silence, à faire pipi aux toilettes, à saluer quelqu'un qui le salue – relève de l'éducation la plus élémentaire. Et que de même qu'on reçoit un salaire pour son travail ou qu'on promet à un enfant ordinaire qu'il pourra aller jouer dans le jardin sitôt qu'il aura fini ses devoirs, un enfant qui ne communique pas naturellement aura besoin d'être motivé pour apprendre à le faire.)

Un comportement peut s'apprendre par étapes s'il est trop complexe. Pour se laver les mains, par exemple, on note les différentes séquences – ouvrir le robinet, placer ses mains sous l'eau, les asperger de savon, se les frotter, se les rincer, fermer le robinet, sécher ses mains dans une serviette – et on les enseigne une à une, en commençant par la dernière et en remontant la chaîne. C'est-à-dire qu'on récompense le petit pour avoir réussi à se sécher les mains, puis pour avoir réussi à fermer le robinet et se sécher les mains, puis pour avoir réussi à se rincer, et à fermer le robinet et se sécher, et ainsi de suite.

Un comportement peut aussi se façonner, comme un potier sculpte un vase dans la glaise : il s'acquiert peu à peu quand le changement est trop radical pour le patient. La psychologue d'EDI Formation, qui officie par ailleurs dans un hôpital, expose ainsi, à l'aide de diapositives, le cas d'une fillette qui, comme beaucoup d'enfants avec autisme, compte parmi ses rigidités la sélectivité alimentaire. Certains mangent uniquement des aliments de couleur jaune, d'autres uniquement des aliments mous, d'autres encore uniquement des aliments soigneusement séparés les uns des autres… La petite, elle, refusait absolument d'avaler autre chose que du pain carbonisé. L'équipe a dès lors commencé par lui servir toutes sortes d'aliments brûlés – pommes de terre, carottes, viande et autres nourritures quasiment réduites à l'état de charbon – qui ont été acceptés car ils étaient très semblables au pain carbonisé. Puis, très progressivement, on a diminué les temps de cuisson des plats. Au bout de six mois, la fillette mangeait de tout…

Tandis que les psychologues discourent et que les slides et les films défilent, Adrien et moi écoutons, prenons des notes, nous familiarisons avec la terminologie et les procédures. Nous découvrons bientôt leur mise en œuvre. Les trois thérapeutes qui viennent prendre en charge notre fils à domicile, Julie, Anne-Lise et Sonia, tâchent d'abord de le mettre en confiance car si leur présence lui est désagréable ou indifférente, il n'y a aucune raison qu'il coopère et accepte de suivre leurs consignes. Durant toute cette phase dite de *pairing*, elles observent

Petit Paul en souriant – ou en commentant ses actions avec enthousiasme – et listent en parallèle ses jeux et prédilections, qui pourront pour certains être des renforçateurs. Elles donnent beaucoup et n'exigent rien, s'efforcent de se rendre agréables, utiles et plaisantes. Il aime être chatouillé, porté sur le dos, poussé sur la chaise de bureau ? Elles s'y emploient. Il apprécie les comptines ? Elles chantent et rechantent indéfiniment *Tourne, tourne, petit moulin*, *L'Araignée Gipsy* et *Ainsi font, font, font les petites marionnettes*. Il a du goût pour les chips au poivre et le jus d'orange ? Elles lui en donnent tant qu'il veut.

Dans le même temps, elles comptabilisent grâce à des clickers accrochés à leur ceinture les comportements d'approche (Paul qui se lève pour les rejoindre, jette un coup d'œil intéressé à ce qu'elles font, avance la main vers un jouet qu'elles tiennent…) et ceux de rejet (Paul qui recule, les repousse de la main, leur tourne le dos…). Ce n'est que lorsque les premiers domineront à 80 % pour chacune des intervenantes que le travail pourra commencer. Il arrive que le *pairing* se fasse vite ; ce n'est malheureusement pas le cas avec Paul, manifestement plus farouche que la moyenne. Les premiers temps, Adrien et moi restons coincés chez nous pendant des heures : chaque fois qu'une des jeunes femmes arrive, le petit se perche sur nos genoux et refuse catégoriquement d'en descendre. Ce n'est que très progressivement qu'il en glisse, puis s'éloigne de quelques mètres, puis nous laisse quitter la pièce pour rester seul avec Julie, Sonia ou Anne-Lise. Trois bons mois s'écoulent avant que l'équipe puisse s'attaquer aux objectifs établis par la psychologue superviseuse à partir des évaluations ayant permis de cerner les compétences de Paul.

Le programme comprend des "comportements prérequis" (comme s'engager dans un jeu avec l'adulte pendant cinq minutes ou attendre trente secondes), de la communication réceptive (répondre à une instruction simple du type "Assieds-toi"), de la communication expressive (échanger tour à tour des vocalisations), des compétences sociales (répondre aux salutations par un regard et un geste), de l'imitation (imiter quinze comportements), des compétences de discrimination (effectuer des encastrements de cinq pièces), du jeu autonome (jouer seul et de façon appropriée pendant deux minutes), de la motricité globale (faire rouler et lancer un ballon, l'attraper), de l'autonomie (se laver et s'essuyer les mains)... Chacun de ces objectifs est lui-même divisé en sous-objectifs que Julie, Sonia et Anne-Lise travaillent à atteindre durant chaque séance et là encore, l'on avance chaque fois qu'ils sont atteints dans 80 % des cas.

Concrètement, pour apprendre à Paul à s'asseoir lorsqu'on le lui demande, par exemple, Sonia énonce d'une voix claire la consigne – "Assieds-toi" –, attend trois secondes, puis pose ses mains sur les épaules de Paul et le fait doucement s'asseoir sur le canapé, la chaise ou le pouf. Puis le félicite tout en lui tendant une chips au poivre – dont il raffole. On espère qu'à force de répétitions, Paul fera le lien. Au fur et à mesure des essais, Sonia le guide de moins en moins, se contentant de poser les mains sur ses épaules, puis d'esquisser le geste – jusqu'à ce que le petit, toujours motivé par l'idée de recevoir une chips, s'asseye sans autre incitation que l'énonciation de la consigne. (Une fois que l'apprentissage est bien en place, la chips n'est plus donnée qu'une fois sur deux, puis sur trois, puis sur quatre, puis de façon aléatoire, jusqu'à disparaître. C'est la raison pour laquelle les intervenantes usent *aussi* de félicitations : on espère que suivant un conditionnement on ne peut plus pavlovien, l'enfant finira par associer félicitations et chips, de façon à ce que les mots d'encouragement et compliments auxquels il est pour l'heure peu sensible deviennent eux aussi des récompenses en soi, comme pour les enfants ordinaires.) Quand Paul obéit à la consigne dans 80 % des cas ou plus, on passe à un nouvel objectif : enseigner l'instruction “Donne”…

Concrètement, le processus est long et fastidieux. D'autant qu'il faut régulièrement réévaluer les renforçateurs (notre fils peut ne pas avoir envie de chips ce jour-là, ou bien s'en lasser, et on doit alors les remplacer par autre chose) et qu'il est important d'apprendre à Petit Paul à s'asseoir sur différents sièges, de même qu'il est important que les trois jeunes femmes travaillent à tour de rôle avec lui. Les enfants avec autisme ont du mal à généraliser : si Paul n'avait qu'une intervenante, il risquerait de ne savoir répondre qu'à elle, et si on lui apprenait à s'asseoir uniquement sur la chaise de son petit bureau, il pourrait ne savoir s'asseoir que là et ne pas réagir lorsqu'il dispose d'un canapé et non d'une chaise. Ou que l'instruction lui est donnée à l'école ou chez des amis…

C'est long et fastidieux, mais cela fonctionne. Cahin-caha, avec parfois des retours en arrière et des stagnations, Paul apprend, Paul avance.

TEMPLE

Comme bien des lycéens, Temple se cherche. Mais elle ne commence à en prendre conscience qu'un jour précis, alors qu'elle se trouve dans la chapelle où tous les élèves n'ont d'autre choix que d'assister au prêche. S'ennuyant à mourir, elle s'est retranchée dans son univers intérieur, sourde et aveugle à ce qui l'entoure, quand un bruit soudain la tire de sa rêverie. Tout en donnant des coups au lutrin, le pasteur a cette phrase : "Frappez, il vous répondra." Les mots saisissent Temple comme s'ils lui étaient adressés à elle en particulier. Le pasteur cite alors Jean – "Je suis la porte : tout homme qui passera par moi sera sauvé." –, avant d'enchaîner : "Devant chacun de vous, il y a une porte qui ouvre sur le ciel. Ouvrez-la et soyez sauvé." Ces propos ont sur Temple l'effet d'une révélation. Comme le feraient beaucoup d'autistes, elle les prend au pied de la lettre et se met aussitôt en quête de cette fameuse porte…

Elle passe en revue celle de la penderie, celle de l'entrée, celle des toilettes, celle de l'écurie, et les rejette – elles sont manifestement trop communes, trop triviales. L'adolescente poursuit longtemps ses recherches, farfouillant ici et là, quand elle aperçoit, au pied de l'extension du dortoir que l'on est en train de bâtir, une échelle qu'elle escalade. Au quatrième étage, une plateforme permet d'accéder au toit via une petite porte en bois... Temple entre dans une pièce d'observation dotée de trois fenêtres panoramiques offrant une vue sur les montagnes environnantes. Elle est seule face à la nuit qu'éclaire la lune et en a alors la certitude : c'est bien là sa "porte donnant sur le ciel".

Le "Nid de Corbeau", comme l'appellent les ouvriers, devient son refuge. L'endroit où elle s'isole pour songer à son enfance, à ses relations avec ses parents, aux conflits et incompréhensions qui demeurent, aux difficultés présentes et futures. Elle qui a toujours eu besoin du concret pour saisir les concepts abstraits voit ce que sa mère lui expose depuis des années prendre sens : nous sommes tous face à une porte qu'il nous appartient de pousser pour découvrir ce que l'avenir nous réserve. L'existence est une succession d'étapes tendant vers un but qu'on se choisit. C'est à chacun de se prendre en main, de grandir, d'aller de l'avant, car personne ne le fera pour nous. Parce que cette idée s'est incarnée, Temple est désormais à même de la saisir et voit sa trajectoire sous un jour nouveau.

Quand un psychiatre, chez qui on l'envoie après l'avoir surprise lors d'une de ses escapades dans le Nid de Corbeau, lui demande ce qu'elle espère y trouver, elle répond tout de go : "Moi. Ma vie. Dieu." Son interlocuteur se met à rire et la compare à une femme de marin qui reste sur le quai à attendre un bateau qui n'arrivera jamais. Il lui défend d'y retourner, arguant que c'est interdit car dangereux – une admonestation qui a évidemment l'effet inverse. Monsieur Carlock, pour sa part, se garde bien de faire la leçon à Temple. Il préfère lui donner à lire des ouvrages de philosophie afin de nourrir ses réflexions sur le symbolisme de la porte et d'ouvrir son esprit à d'autres systèmes de pensée : il réoriente et utilise sa fixation pour lui permettre de tracer son chemin.

Il agit de même quand Temple revient d'un séjour dans le ranch de sa tante Ann, dans l'Arizona, avec une autre obsession, à la fois ancienne et nouvelle, qui va véritablement donner une direction – on pourrait même dire un destin – à la jeune fille. Initialement, elle n'avait guère envie de partir pour l'Arizona : faire un voyage en empruntant un itinéraire dont on ignore tout, pour s'installer dans un nouvel environnement, frayer avec de nouvelles personnes, adopter un autre rythme, subir des imprévus sans pouvoir se raccrocher à quoi que ce soit de ses repères apparaît évidemment comme un cauchemar pour la plupart des autistes – de quoi multiplier les terribles "crises de nerfs" qui l'accablent. Eustacia, comme à son habitude, l'a heureusement poussée juste ce qu'il fallait : elle lui a proposé d'y passer seulement une semaine si elle s'y trouvait trop mal, mais pas moins d'une semaine. La perspective de pouvoir monter des chevaux et de s'épuiser dans des travaux manuels – et par là de contrer ses attaques de panique – a achevé de convaincre Temple.

De fait, elle ne chôme pas, pour le plus grand plaisir de sa tante, ravie de la trouver si débrouillarde. Elle répare une clôture ainsi que le toit abritant la pompe à eau du ranch, puis réalise une maquette avec des allumettes et du fil et fait les calculs afin de construire une porte pour une barrière à bétail ; on peut désormais la soulever grâce à un jeu de cordes et de poids, sans plus avoir à descendre de voiture comme on le faisait auparavant. Ann lui propose ensuite de donner un coup de main à la trappe à bétail, un appareil qui sert à tenir les veaux tranquilles lorsqu'on les vaccine, les marque ou les castre. On y conduit la bête et on installe sa tête dans la partie avant, qui ressemble à un pilori avec une encolure en forme de V, et une fois la tête coincée, on tire une corde qui permet de resserrer les parois de l'appareil contre les flancs de l'animal, l'empêchant ainsi de bouger et accessoirement de s'étrangler s'il perdait l'équilibre. Temple observe avec fascination les veaux agités, tremblants d'appréhension, qu'on enferme dans la trappe et qui peu à peu s'y calment jusqu'à se tenir parfaitement tranquilles. Elle se demande si cette trappe aurait le même pouvoir apaisant sur elle ; si elle ne pourrait pas l'aider à combattre les "crises" qui lui gâchent l'existence.

Finalement, elle n'y tient plus et se glisse dans l'appareil, tout en donnant des instructions à sa tante de façon à pouvoir ajuster à volonté la pression exercée sur son corps par les parois. Disposer d'une maîtrise totale sur le processus, sur la longueur comme sur l'intensité de la pression, change tout. Il n'est plus question de fuir, ni de reculer de peur d'être submergée par une overdose sensorielle comme elle en avait l'instinct. La trappe ouvre une brèche dans la barrière tactile de Temple et, par là, dans celle qui la séparait des autres êtres humains. Non seulement elle soulage ses nerfs pour plusieurs heures, mais elle lui procure le bien-être de l'étreinte qu'elle recherchait enfant.

Temple découvre la douceur, la détente, et se sent plus proche des êtres qui ont veillé sur elle et qui l'ont aidée, sa mère, ses professeurs, Ann. L'action à la fois stimulante et décontractante de l'appareil lui permet d'accéder à la faculté de ressentir et d'exprimer des sentiments. L'empathie n'est plus un vain mot et la machine à serrer a cessé d'être un fantasme de petite fille pour devenir non seulement une réalité, mais une nouvelle obsession, ou une obsession réactualisée, disons, et bien plus profonde que celle de la chambre d'Ames. Il ne s'agit pas de trouver un simple "truc", de mettre au jour une astuce permettant de créer une illusion d'optique, mais bien de résoudre une énigme qui touche à son être : pourquoi cette trappe produit-elle un tel effet sur les bêtes et sur elle ?

Apprendre a désormais un sens et sa scolarité un but. Quand Temple rentre à Mountain Country, elle construit sur la suggestion de monsieur Carlock, à qui elle s'est confiée, un appareil à l'aide de chutes de contreplaqué, qu'elle bricole de façon à pouvoir l'actionner elle-même. Elle l'installe dans sa chambre d'étudiante, sans chercher ni à la cacher ni à l'exhiber, mais l'appareil fait évidemment jaser et lui vaut une nouvelle consultation chez le psychiatre, qui voit tout cela d'un mauvais œil. Après s'être interrogé sur ce que la machine pourrait représenter – matrice ? cercueil ? –, il s'inquiète, le regard en biais, de savoir si Temple n'aurait pas un problème d'identité… Se prendrait-elle par hasard pour une vache ? La question lui paraissant manifestement absurde, Temple n'y va pas par quatre chemins : "Vous êtes fou ou quoi ? Évidemment que je ne me prends pas pour une vache ou quelque chose dans ce genre-là. Vous vous prenez pour une vache, *vous* ?" La scène serait des plus comiques si elle n'avait des conséquences malheureuses : le psychiatre se met en colère, décrète l'entreprise de Temple suspecte et malsaine, et lui annonce qu'il va avertir sa mère…

Or Eustacia se laisse convaincre. Suivant l'avis du service de psychiatrie de l'école (lourd de sous-entendus sexuels), elle incite elle aussi Temple à se débarrasser de cette obsession bizarre dont elle ne comprend ni la raison ni l'utilité. La machine à serrer cristallise les conflits. L'établissement menace de la confisquer, ce qui ne fait qu'augmenter la propension de Temple aux attaques de nerfs. Pourquoi la priver d'une source de réconfort qu'elle ne peut trouver nulle part ailleurs, et surtout pas auprès des autres êtres humains ? Seul monsieur Carlock comprend et a une nouvelle fois l'intelligence de réorienter la jeune fille. Temple veut savoir pourquoi la machine la relaxe ? Prouver aux uns et aux autres que son utilisation n'a rien d'une "régression" ou d'une "fixation" à psychanalyser et à éliminer ? Très bien. Il faut qu'elle aille à l'université et se lance dans une étude scientifique à même de valider ses théories. Qu'elle apprenne à faire des recherches, à consulter des articles et ouvrages, à utiliser les index scientifiques, à maîtriser le vocabulaire technique et un certain niveau de mathématiques, cette matière qu'elle déteste mais qui est indispensable à son entreprise…

Pour rendre tout cela possible, elle doit évidemment en premier lieu obtenir son diplôme de Mountain Country. Ainsi stimulée, Temple décide de rattraper son retard scolaire – de franchir la porte qui la mènera de l'école à l'université. Étudier l'action de sa machine constitue un horizon, mais elle s'en sert dès à présent pour se motiver : elle ne s'autorise un moment de détente dans l'appareil que si elle a suffisamment avancé dans son travail du jour. Maintenant qu'elle a un objectif, elle n'épargne pas les efforts pour remonter ses notes et se soumet à une discipline de fer. Sa rigidité autistique devient un avantage : à présent que Temple sait vers où diriger ses forces, elles se muent en une persévérance, une rigueur et une puissance de travail rares. Elle s'acharne, consacre tout son temps à ses études et peu à peu remonte la pente jusqu'à l'obtention de son diplôme.

Après un deuxième séjour en Arizona, beaucoup plus serein à présent que le ranch, ses travaux et ses habitants lui sont devenus familiers, elle fait son entrée à l'université, au sein d'une promotion qui compte quatre cents étudiants. Franklin Pierce College est situé non loin de Mountain Country, ce qui lui permet de revenir voir monsieur Carlock toutes les semaines ou presque. C'est sous son égide qu'elle se lance dans l'étude scientifique projetée – il l'amène en bibliothèque et lui montre des fichiers scientifiques tels que le *Psychological Abstracts* ou l'*Index Medicus*. Rien, alors, n'est informatisé, et il n'y a même pas de photocopieuse à disposition : il faut recopier à la main chaque référence du fichier sur un cahier…

Dans le même temps, Temple construit un prototype plus élaboré et confortable de son appareil, qu'elle fait essayer à une quarantaine d'étudiants, soumettant ces derniers à un questionnaire dont il ressort que 62 % d'entre eux se disent effectivement plus relaxés. Sa thèse de premier cycle, qui se nourrit des résultats de l'expérimentation mais aussi de travaux sur l'interaction sensorielle découverts en bibliothèque, montre que la pression influe sur les seuils auditifs et que la machine joue sur le métabolisme de ses utilisateurs.

Elle l'ignore encore, mais d'ici quelques années, son invention servira dans plusieurs programmes à destination des autistes souffrant d'hyperactivité et de troubles sensoriels, dans le cadre de thérapies permettant au système nerveux de "s'autoréparer" grâce à des pressions fortes et des stimulations vestibulaires et tactiles qui provoquent de nouvelles connexions nerveuses. Pour l'heure, son usage régulier l'aide beaucoup, elle. La machine ne remplace pas les bras de sa mère mais lui rend un peu de tout ce dont elle a été privée enfant. À présent qu'elle ressent le bien-être, la douceur, la tendresse, elle perd de sa dureté et devient plus chaleureuse envers les autres ; le chat de la maison ne s'y trompe pas, qui fuyait les caresses de Temple et désormais les accepte et demeure volontiers auprès d'elle. Graduellement, elle commence à accepter des contacts physiques brefs, comme une tape sur l'épaule ou une poignée de main. Sa démarche, sa façon de se tenir et de parler, ses manières demeurent étranges, mais elle s'intègre mieux, participant au spectacle de fin d'année où elle construit et peint la moitié des décors – un immense progrès par rapport à l'époque où la communication avec ses condisciples consistait surtout à distribuer des claques.

Son obsession des portes demeure, qui fait désormais partie intégrante de son fonctionnement. Temple a repéré une trappe donnant sur le toit du dortoir dont l'accès est interdit et s'astreint à la passer régulièrement pour se figurer son avancée dans les études universitaires et dans la vie. Elle continue de souffrir de crises d'anxiété mais tâche de s'en servir comme d'un moteur et ses résultats sont désormais à la hauteur de ses capacités : non seulement elle obtient sa licence de psychologie, mais elle est major de sa promotion. Lors de la cérémonie des diplômes, son père est dans l'assistance. Lui qui n'avait cessé d'affirmer qu'il fallait voir les choses en face et envoyer Temple dans un établissement pour handicapés mentaux – il s'était une nouvelle fois renseigné quand elle avait achevé le lycée – applaudit à tout rompre. Quand Temple avait quinze ans, il a divorcé d'Eustacia, qui s'est remariée depuis avec Ben Cutler, un saxophoniste new-yorkais ; Ann, grâce à qui Temple a découvert la trappe à bétail, est en fait la sœur de ce dernier.

À l'inverse d'Adrien, qui a constitué avec moi un front uni et épousé la cause de Paul sans l'ombre d'une hésitation, Dick n'a fait montre d'aucune solidarité avec son épouse : pas un instant il n'a soutenu Eustacia dans ses efforts pour ouvrir Temple au monde. Pire, il lui en a voulu de persister. Il l'a accusée de s'acharner de façon excessive et malsaine à sauver quelqu'un qui ne pouvait l'être, et de tous les maux possibles et imaginables dans la foulée – de dépenser trop d'argent, de trop s'occuper de Temple et pas assez de lui, de ne plus être la femme qu'il avait connue… Tout cela, ajouté à son caractère colérique, son incapacité à faire des compromis et son obsession de l'ordre, n'a pas joué un petit rôle dans leur séparation. L'occasion de célébrer la réussite de leur fille les a cependant réunis. Ils se tiennent côte à côte tandis qu'Eustacia offre à Temple une gourmette en or sur laquelle elle a fait graver une inscription : "À travers la petite porte".

PAUL

Toute ma vie tourne autour de Paul. On a beau me répéter qu'il faut que je prenne soin de moi aussi, je n'entends pas. Le travail, les amis, mes parents, mon couple, sans parler du monde extérieur, guerres, chômage, scandales, catastrophes naturelles, désastres écologiques, politiques, financiers, tout s'est dissous, tout a fondu. Ne reste que mon petit garçon au visage d'ange et aux cris inarticulés, ses sourires qui me broient le cœur, ses crises qu'il faut non seulement supporter – alors que Paul semble exploser sur place – mais comprendre et analyser dans l'espoir de les dompter et de desserrer l'étau d'incommunicabilité qui l'étouffe et le condamne à la solitude. Alors je ferme les yeux et m'exhorte au courage. M'exhorte à penser à mon enfant et non à mon chagrin, m'exhorte à ne pas pleurer sur mon sort, ni sur celui de Paul, du reste, car pleurer ne sert à rien à part faire perdre du temps, pleurer n'aidera personne et surtout pas Paul, il faut agir, c'est tout.

Adrien et moi passons notre temps à gérer le départ et l'arrivée des intervenantes et à dialoguer avec elles, à lire des ouvrages sur l'autisme et à mettre en application ce qu'ils nous ont appris. Constatant qu'ils n'obtiennent aucune réponse à leurs mots, sourires, grimaces, comptines, bisous et autres "gouzi-gouzi", les parents d'enfants autistes tendent insensiblement à se taire, à éteindre leurs tentatives de contact et de stimulation. Il faut évidemment aller contre cette tendance et persister en dépit de l'absence de réaction de Paul, de son visage qui se détourne, de son regard qui semble glisser sur le monde sans rien voir.

Je persiste donc ; je souris largement, prends une voix claire et un ton joyeux pour commenter les actions de Paul, en ayant soin de n'employer que des phrases courtes et simples. Je me mets à son niveau, sur le tapis du salon, et tente de participer à ses occupations : appuyer sur les pastilles des livres musicaux, assembler des Lego pour former une tour, glisser des balles dans un circuit de bois. Je m'applique à l'imiter et à l'aider, tente de mettre en place un tour de rôle, lui présente régulièrement de nouveaux jeux. La plupart sont rejetés, mais le petit est sensible à mes efforts : il me regarde, sourit, pose sa main sur mon bras ou mon visage, semble content. Il rit quand je joue à "Coucou caché" et peut alors plonger brièvement ses yeux dans les miens. Il lui est même arrivé une fois de répéter "coucou" juste après moi. Un "coucou" murmuré, timide, hésitant, mais qui m'a galvanisée – j'en ai crié de joie, soulevant Polo pour lui faire faire l'avion dans tout l'appartement.

La psychologue nous a aussi donné des objectifs, à Adrien et à moi-même. Certains, bien que désagréables à mettre en œuvre, sont simples et s'apparentent à des consignes : quand Paul se débat dans sa poussette parce qu'on a changé d'itinéraire pour aller chez l'orthophoniste ou la psychomotricienne, ou hurle parce qu'on a une conversation téléphonique en sa présence, il faut continuer à emprunter des chemins différents et poursuivre l'échange sans se soucier des réactions du petit, en guettant le moment où il s'apaisera pour le féliciter ("C'est bien, tu es calme, Paul !"). On veut l'amener à supporter ce qu'il supporte mal actuellement, distinguer ce qui lui est pénible, mais dont il peut prendre l'habitude jusqu'à y devenir indifférent, et ce qui lui est réellement intolérable, en particulier pour des raisons sensorielles.

Il faut que Paul puisse se faire aux usages d'un monde qui ne sera pas spécialement aménagé pour lui et tout, en cette affaire, est une question de dosage. Si on ne le pousse pas, il ne fera rien de lui-même et ne s'adaptera jamais, mais si on le pousse trop, c'est la déflagration : pendant de longues minutes, il hurle et se jette à terre sans que rien ne puisse le calmer, le visage défiguré par les larmes, le corps en nage, secoué de soubresauts, cognant sa tête contre le sol ou la chaise avec une telle violence qu'Adrien et moi gardons toujours des coussins à portée de main pour matelasser les chocs qu'il s'inflige.

Certains objectifs exigent plus que le seul respect d'une consigne. Pour inciter Paul à pointer, par exemple, nous avons perché sur une étagère de l'entrée les balles colorées qu'il adore introduire dans le circuit de bois posé sur le tapis du salon. Elles sont hors de portée mais visibles, et Paul a besoin de nous pour y accéder. Il vient donc nous solliciter. Nous répondons en le prenant dans nos bras et en l'approchant des balles jusqu'à ce qu'il tende la main pour en saisir une. On le fait alors pointer en modelant son petit poing, avant de lui donner la balle en le félicitant. Au fur et à mesure, Paul se met à pointer de lui-même, et il est alors temps d'introduire de la distance – vingt centimètres, cinquante centimètres, un mètre, deux mètres, trois mètres… C'est aussi grâce à cette procédure que l'orthophoniste a pu noter les progrès du petit en la matière.

Les semaines passées à faire du *pairing* et les observations des professionnelles comme les nôtres ont permis de lister ce qu'il apprécie le plus sans que cela devienne envahissant. Il aime être chatouillé et porté sur le dos, est intéressé par le balai et par l'aspirateur, mais ses renforçateurs restent avant tout alimentaires : chips au poivre, moutarde, tarama, mont-d'or… Des goûts forts qui suggèrent une possible hyposensibilité du goût (rares sont les bambins qui apprécient le poivre et la moutarde !). Tout en offrant des possibilités (pour lui apprendre à manger à la cuillère, le tarama et le mont-d'or, par exemple, seront parfaits, Paul sera bien "renforcé" chaque fois qu'il réussira à porter une cuillère à la bouche), la liste reste pauvre et la psychologue préconise, en accord avec nous, de la développer.

Les intervenantes y travaillent, nous aussi. À force de lui montrer inlassablement la même appli pour tout-petits, de faire et de refaire le même geste – appuyer sur l'image d'une porte qui s'ouvre et dévoile divers animaux qui bêlent, aboient, coassent, etc., avant qu'une voix énonce le nom dudit animal –, je réussis, après plusieurs semaines de ce manège, à intéresser mon fils à la tablette. Je m'aide de chips pour l'inciter à passer plus de quelques secondes sur l'écran – l'attention de Paul est toujours aussi labile – et il accepte, très progressivement, de découvrir d'autres activités plus sophistiquées – le train

Duplo, le Colorino… Je dois d'abord alterner avec d'autres activités et distribuer des renforçateurs à foison, mais après un mois, deux mois, trois mois, Paul réussit à finir certains jeux élémentaires sans plus avoir besoin de motivation extérieure et prend également plaisir à regarder des comptines sur YouTube.

Comme il apprécie le mouvement, Adrien tente de lui enseigner l'usage de la trottinette, ce qui lui permettra en sus de travailler son équilibre et sa motricité. On décompose l'activité en plusieurs séquences (poser le pied sur la trottinette et la main sur le guidon, utiliser l'autre pied pour pousser une première fois, puis une deuxième…) et récompense notre fils chaque fois qu'il en réussit une. L'opération demande là encore beaucoup de temps et d'efforts mais à la fin, Polo découvre la joie de filer à toute vitesse dans les parcs et sur les trottoirs de Paris. Une fois qu'il a compris l'intérêt que présente le jouet, la trottinette devient, comme la tablette, une activité renforçante en soi – et un outil de plus dans l'arsenal dont disposent ses parents et ses intervenantes pour l'inciter à apprendre.

Sonia, Julie et Anne-Lise lui montrent pour leur part comment faire des puzzles. Elles commencent par le plus simple : un puzzle deux pièces qu'elles déposent devant Paul tandis qu'elles-mêmes se mettent derrière lui. Il hurle en signe de protestation mais elles s'efforcent de ne pas réagir et de garder un visage neutre tout en le guidant pour assembler les deux pièces de carton, avant de le féliciter d'avoir réussi sa tâche, renforçateur à la clef. Au bout de quelques fois, Paul cesse de hurler. Bientôt, il fait spontanément le puzzle deux pièces, et on passe alors aux puzzles trois pièces, quatre pièces, cinq pièces… Il maîtrise le jeu sans que cela devienne une passion, contrairement à la trottinette ou aux comptines. Ce sont des choses qui arrivent : chaque enfant est différent, leurs goûts varient, et l'idée est de faire découvrir au nôtre un maximum d'activités en espérant qu'on tombera juste et qu'il s'intéressera assez à certaines pour avancer, élargir ses horizons, acquérir davantage de compétences.

Puisqu'il ne parle pas – pas encore –, on lui montre comment employer le PECS, un système de communication par images qu'on scratche sur un classeur. Il apprend d'abord à tendre une image à l'adulte en face de lui pour obtenir quelque chose qu'il veut. Pour commencer, on emploie à nouveau la fameuse chips au poivre. Sitôt que la manipulation est intégrée (quand je donne cette image, je reçois ma chips), l'adulte prend de la distance, jusqu'à se mettre dans une autre pièce. Paul apprend à aller le chercher pour lui tendre son picto. Vient ensuite la phase de discrimination : le petit doit désormais distinguer entre deux images, puis plusieurs, celle qu'il lui faut utiliser pour obtenir ce qu'il veut. Le temps passant, il devient capable de demander des chips mais aussi du jus de fruits, des gâteaux, du pain, du pâté, des biscuits salés, ainsi que la balançoire, la chaise de bureau ou le fait d'être porté sur le dos. Plus besoin d'éclater en sanglots ou de crier à en perdre la voix – à la manière des nourrissons qui précisément ne disposent pas du langage – en attendant que nous devinions ce qu'il en est : il suffit désormais de tendre un picto.

Bien sûr, tout n'est pas toujours aussi simple, aussi fluide que nous le voudrions. S'il a fait le lien sur le principe, Paul met du temps à apprendre le sens des images – il faut répéter la manœuvre des dizaines de fois pour certaines, avec en cas d'erreur commise par Paul une procédure à appliquer qui comme toutes les procédures est fastidieuse et pénible. Quand il est fatigué ou distrait – et il l'est souvent –, il donne à peu près n'importe quoi. Puis si ce qu'il désire ne figure pas dans les pictos, il en revient aux cris et aux pleurs, et nous aux suppositions. Sa liste de pictos reste restreinte du fait de ses intérêts eux-mêmes limités : étendre ses demandes est là encore quelque chose à travailler, avant de pouvoir passer à de nouvelles étapes, comme la constitution de phrases simples, l'ajout d'adjectifs, de verbes et de prépositions, la capacité non seulement à demander mais à commenter. Un objectif de plus dans la foule d'objectifs déjà mis en place.

Si le comportementalisme aide à faire progresser Paul, l'approche reste contraignante et stressante. Elle nous mobilise entièrement, Adrien et moi, notre temps, notre disponibilité d'esprit, nos ressources intellectuelles et financières, nos capacités de planification, notre imagination, nos réflexes, et jusqu'à notre vocabulaire, colonisé par les sigles et les termes techniques – il faut veiller à "faire extinction", appliquer la "procédure de promesse", ne pas oublier de "coter", entamer le *pairing* avec la babysitter, espérer que le nouvel apprentissage sera "autorenforçant". La moindre réaction du petit est scrutée afin de noter son Antécédent et sa Conséquence. Chaque comportement est analysé, travaillé, modelé. Les procédures rythment notre quotidien, structurent notre vie et nos relations avec Paul du matin au soir et du soir au matin. Que ce soit quand on s'adresse à lui, quand on joue avec lui, quand on le fait manger ou qu'on lui donne le bain. Au parc où on l'entraîne à la trottinette, dans la rue où il doit apprendre à donner la main, au dîner où il doit diversifier son alimentation, au moment du coucher, ritualisé avec soin, et même pendant la nuit.

Paul s'endort désormais rapidement grâce à une pilule de mélatonine que nous faisons fondre dans un fond de jus de fruits. La fameuse "hormone du sommeil", dont les pics occasionnent d'irrésistibles bâillements, signalant qu'il est temps de se coucher, manque à la plupart des autistes, mais on a heureusement appris à la synthétiser. Seulement la mélatonine n'est pas un somnifère et n'empêche donc pas le petit de se lever toutes les nuits ou presque. Son père ou moi sommes alors supposés le raccompagner sans un mot dans son lit et réitérer chaque fois qu'il recommence – or il peut se relever deux, trois, quatre fois par nuit. Et ne se décourage nullement, même après plusieurs mois durant lesquels nous nous épuisons à respecter les instructions données…

Il y a en permanence de nouvelles idées et astuces à tenter – glisser un jouet que Paul aime dans une boîte transparente pour qu'il vous l'apporte et vous demande de l'ouvrir. Et souvent de nouveaux échecs – au lieu de nous apporter la boîte, Paul la fracasse sur le sol pour récupérer le jouet convoité… Les dysfonctionnements physiologiques de Paul sont aussi nombreux que mystérieux. Aux nuits trouées, plus blanches que noires, qui minent nos nerfs, notre santé, notre moral, s'ajoutent ainsi des accès de fièvre qui saisissent régulièrement le petit et l'immobilisent plusieurs jours sans qu'aucun des médecins consultés ne réussisse à poser un diagnostic. Il y a les maladies de la petite enfance et puis il y a des maux inconnus, sans nom ni explication, qui font que Paul court partout sans pouvoir s'arrêter ou au contraire s'abat sur son lit sans pouvoir en sortir. Problèmes de dents, d'estomac, d'oreilles, de migraine, tout est envisagé, rien n'est impossible. Car comment savoir ce qui se passe dans son corps et sa tête quand il n'a pas les mots ? Quand il n'identifie aucune des parties de son corps, incapable même de montrer son pied ou son bras pour signifier qu'ils le font souffrir ?

Sans cesse, nous nous demandons s'il pousse ces cris suraigus parce qu'il est frustré, contrarié, fatigué, surexcité, s'il se roule par terre parce qu'il veut obtenir quelque chose (quoi ?), échapper à quelque chose (quoi ?), ou parce qu'il ressent une douleur quelque part. Sans cesse, nous tâchons de l'ausculter pour voir s'il ne s'est pas enfoncé quelque chose dans le nez ou dans l'oreille, s'il n'a pas une carie ou une plaie dans la bouche, si son ventre n'est pas dur, si son front n'est pas chaud. Bien sûr, les rares fois où nous trouvons et où il s'avère que Paul avait bien une otite ou de la constipation, lui donner le moindre médicament exige des trésors de conviction et d'habileté. Il refuse d'avaler aucun comprimé, refuse de se tenir tranquille quand on lui met des gouttes dans l'oreille, refuse qu'on lui administre du Doliprane en sirop, refuse d'être aidé car il ne comprend pas qu'on veut l'aider, ni même qu'il a besoin d'aide. Avec Paul, Adrien et moi avons le sentiment de nous heurter encore et encore à un mur que l'ABA et le PECS ont peine à entamer.

Ce n'est qu'une question de temps : voilà ce que je me répète pour tenir. Le temps que le petit progresse, qu'il accède à la parole, qu'il puisse nous dire s'il a faim, s'il a mal, où il a mal. Rien n'est plus horrible que de voir son enfant se débattre en demeurant impuissante, rien n'est plus terrible que de devoir conserver ses distances tandis qu'il hurle, pleure, se frappe, mais il faut prendre ta peine en patience. Rappelle-toi cette jeune psychologue qui a laissé échapper qu'elle pensait que Polo était de haut niveau, quand bien même on vous a martelé qu'il était impossible de le prévoir, qu'à trois ans, des enfants dont les profils se révéleront très différents semblent très proches... Rappelle-toi dans la salle d'attente de l'orthophoniste, cette mère qui t'a raconté qu'eux aussi pensaient que leur petit garçon ne parlerait jamais et qu'à force, une séance après l'autre, les mots ont fini par sortir, jusqu'à ce qu'il articule des phrases compréhensibles à six ans.

Rappelle-toi ce père qui te confiait que son enfant n'avait pas de problème intellectuel mais ne montrait aucune affection, aucune chaleur, aucun attachement, alors que Polo a d'adorables sourires, peut faire montre de douceur et de gentillesse, aller vers toi, caresser ta main, t'entraîner dans sa chambre pour s'asseoir tout contre toi ; rappelle-toi son ravissement sur la balançoire et le trampoline, l'allégresse avec laquelle il court dans les parcs, le bonheur qu'il peut avoir à être avec vous. Rappelle-toi les trajectoires des enfants de l'association qui s'occupe de Polo. Alexandre qui à trois ans était un "animal sauvage", selon l'expression de sa mère, qui ne faisait que mordre, crier, griffer, avec qui établir le moindre contact semblait impossible, et qui aujourd'hui va au collège, en milieu ordinaire. Arthur qui présentait un tableau tout aussi dramatique, et qui est devenu indétectable, jusqu'à perdre son diagnostic d'autisme à l'école primaire… Rappelle-toi les derniers progrès de Polo qui, aidé par Gwenaëlle, peut prononcer des mots de deux syllabes – gâ-teau, tou-pie… Il ne le fait pas encore hors du cabinet, avec toi, Adrien ou les autres thérapeutes, mais il raccroche les wagons, ce n'est qu'une question de patience, de volonté, de ténacité. Paul va y arriver, *nous allons* y arriver.

TEMPLE

À l'université d'État d'Arizona, où elle fait son entrée en 1970, Temple troque bientôt sa spécialisation en psychologie pour celle en sciences animales. Tout le laissait présager : le plaisir qu'elle prend à monter à cheval, l'intérêt pour le ranch de sa tante, la passion pour les trappes à bétail… Elle veut d'ailleurs consacrer son mémoire de deuxième cycle au comportement des animaux d'élevage dans divers modèles de trappes. À une époque où les recherches sur le comportement des bêtes et la zootechnie n'existent pour ainsi dire pas, l'idée de Temple semble bien peu académique, pour ne pas dire iconoclaste, aux professeurs du département, plus familiers de la nutrition ou de la science vétérinaire. Ils rejettent sa proposition mais elle s'obstine et obtient l'aval de deux hommes de terrain : Foster Burton, du département de construction, et Mike Nielson, du dessin industriel. C'est sous leur égide qu'elle met au point un protocole d'observation. Prenant en compte sa taille et son espèce, Temple décrit ce que fait chaque bête dans les divers types de trappes – si elle accepte ou refuse d'avancer, à quelle fréquence, si certains éléments, comme un sol glissant, peuvent occasionner des blessures, ou encore la vitesse à laquelle opère le personnel.

Les micro-ordinateurs n'existent pas, alors, et il lui faut perforer quelque cinq mille cartes IBM au sein de l'université pour compiler et analyser toutes les informations recueillies – une épreuve plus physique qu'intellectuelle ! Le mémoire, qui rassemble toutes ses pensées et réflexions sur le sujet, va permettre de déterminer le meilleur modèle de trappe, l'espèce qui se blesse le moins et la vitesse optimale de manutention. En parallèle, Temple travaille à mi-temps comme opératrice de trappe à bétail – autre épreuve physique qu'elle passe haut la main. Elle se sent à sa place, bien plus à son aise quand il s'agit d'actionner une barrière de tête tandis qu'on marque, pique et castre des bêtes que quand il lui faut bavarder et faire des politesses lors des réceptions que donne Eustacia. Il en est de même quand elle obtient un autre mi-temps comme commerciale pour une entreprise d'équipements destinés à l'élevage industriel. Vendant des trappes et des wagons de transport alimentaire, elle en profite pour visiter bon nombre d'enclos et de parcs d'engraissement, observe et compare l'organisation et les procédures de diverses installations comme le matériel dont elles disposent, et réfléchit à des améliorations.

Après avoir essayé la trappe du ranch de sa tante, Temple a pu voir que ses réactions et sensations recoupaient pour partie celles des animaux. Comme elle, ils supportent mal les sons aigus, les bruits soudains, les sifflements de l'air, mais ne sont nullement gênés par les sons graves ou les grondements. Ils tressaillent et reculent quand on les effleure, mais se détendent si on applique une certaine pression en les caressant. La nature a fait d'eux des proies et ils en ont gardé les réflexes : leur existence est dominée par la peur de voir surgir un prédateur, ce à quoi Temple, avec ses crises d'angoisse qui lui donnent l'impression qu'un tueur a été lancé à ses trousses, est particulièrement sensible. La jeune femme les comprend mieux qu'elle ne comprend la plupart des êtres humains et se sentant proche d'eux, noue un lien empreint d'empathie et de compassion qui se renforce avec le temps.

Il lui arrive d'aller calmer les bêtes en les caressant, juste avant qu'elles soient abattues, afin d'adoucir leurs derniers instants, et si elle ne veut pas les sauver de la mort en tant que telle, qu'elle considère comme inévitable – elles n'existent que parce qu'on les élève pour en faire de la viande –, elle est convaincue, comme elle l'écrit dans son journal intime, que "mettre fin à l'existence d'un être vivant est un acte qu'il faut exécuter avec respect". La nature peut être cruelle envers les animaux, raisonne-t-elle en songeant aux moutons qu'un coyote peut dépecer vivant ou aux antilopes qui dans la savane meurent les intestins déchirés par les lions, mais les êtres humains n'ont pas à l'être. Sans quoi l'abattoir n'est plus qu'un lieu de torture et ceux qui y travaillent, de sombres brutes. Temple veut concevoir des équipements qui épargnent aux vaches la peine et la peur qu'elles subissent trop souvent. La plupart des cow-boys pensent qu'il n'est pas possible de les manœuvrer autrement que par la force, quitte à les maltraiter ; Temple, elle, veut adapter le matériel à leurs besoins, à leurs instincts, faire en sorte qu'elles se dirigent spontanément et sans heurts là où on veut qu'elles aillent.

Pour se faire connaître et asseoir sa crédibilité, elle a l'idée de proposer un article au rédacteur en chef d'une revue professionnelle réputée, l'*Arizona Farmer Ranchman*, lors d'un rodéo auquel ils assistent tous deux. L'homme se montre intéressé par le sujet – une évaluation des différents modèles de trappes de contention – et quelques semaines plus tard, on la rappelle pour lui annoncer que son papier a été accepté et qu'on voudrait la photographier pour illustration. Elle devient une collaboratrice régulière et ses contributions, lues et appréciées, lui ouvrent nombre de portes. Elles lui permettent aussi de décrocher un poste au sein d'une entreprise spécialisée dans la construction de parcs à bestiaux et d'équipements, Corral Industries, où on lui propose de concevoir… des trappes de contention. Son obsession est bel et bien devenue une vocation, et pour attester de sa promotion, Temple, qui continue d'avoir besoin de symboles visuels pour incarner chacune de ses avancées, arbore une combinaison verte sur le col de laquelle elle a épinglé des petits animaux en bronze, avec l'idée qu'ils seront ensuite en argent, puis en or, suivant sa progression dans l'industrie du bétail.

Elle n'a évidemment aucune conscience du ridicule de son accoutrement, de même qu'elle ne se rend pas compte que sa façon de se tenir, de se mouvoir et de parler paraît toujours aussi étrange aux yeux de ceux qui l'entourent, entre sa tendance à partir dans des discours sans fin, sa voix trop forte, ses épaules voûtées, sa démarche lourde et déséquilibrée, et sa manie de se tordre les mains. Elle ne sait pas davantage prendre soin d'elle et Emil Winnisky, qui occupe un poste de direction à Corral

Industries, se résout à déposer carrément du déodorant sur son bureau en lui expliquant qu'elle sent mauvais et à demander aux secrétaires de l'emmener faire les magasins afin de se procurer des vêtements plus appropriés. Les jeans, bottes et chemises de cow-boy deviennent dès lors l'uniforme de rigueur de Temple – elle continue toutefois d'y épingler de petits bœufs argentés ! –, et si elle est d'abord vexée par les propos d'Emil, elle lui est ensuite profondément reconnaissante de l'avoir avertie et prise sous son aile.

Tom Roher, le directeur d'un abattoir où elle se rend toutes les semaines, la prend également en sympathie. Après avoir simplement toléré sa présence, il a commencé à s'intéresser à elle car elle avait des idées, comme garnir les bords des barrières de plastique pour éviter que les vaches ne se blessent… Désireuse de pouvoir, au sens strict du terme, adopter le point de vue des animaux, Temple n'hésite pas à s'agenouiller dans les enclos et près des couloirs de contention pour prendre des photos en se mettant leur niveau. Elle remarque aussitôt certains détails – ombres, manteau posé sur une barrière, chaînes qui pendent, tuyau ou canette de soda oubliés dans un coin qui perturbent les bêtes. Elles sont effrayées par les mouvements des hommes comme des objets, ainsi que par les contrastes visuels. Elles acceptent d'avancer dans une installation et refusent dans une autre bâtie à l'identique simplement du fait d'une orientation différente vis-à-vis du soleil. Un drapeau qui flotte au gré du vent – créant du contraste et du mouvement – suffit à les terrifier. Nul n'imaginait cela avant Temple, qui fait œuvre de pionnière.

Les particularités autistiques qui l'entravent en temps ordinaire deviennent un atout dans sa profession. Elle saisit ce qui échappe à ses collègues – ce qui heurte les bêtes ou au contraire les réconforte – et dessine des équipements en fonction. Ainsi des trappes et des enclos circulaires qui épousent la tendance naturelle des bovins à tourner en rond : ils suivront plus volontiers un chemin courbe, d'autant qu'ils ne voient pas ce qui les attend et ne font face à aucun moment à des angles droits, d'où pourraient surgir ces fameux prédateurs qu'ils n'ont plus guère l'occasion d'affronter mais qu'ils continuent de craindre d'instinct – une peur encodée en eux depuis la nuit des temps.

À une époque où personne ne prend en compte le comportement du bétail pour élaborer le design des abattoirs, corrals, fermes ou aires d'affouragement, les propositions de Temple sortent totalement des sentiers battus. La bienveillance y rejoint le pragmatisme, comme vont le comprendre certains gestionnaires. Les bêtes qui s'affolent et se braquent peuvent se cogner et se blesser, et on perd beaucoup de temps à les calmer et à réorganiser leur circulation. Si on les traite avec humanité, elles gagneront en bien-être, le personnel en motivation, l'entreprise en rentabilité. Le processus d'abattage sera plus rapide et efficace, et la viande meilleure, qui se révèle de bien moindre qualité quand le bétail est stressé et carrément impropre à la consommation quand il est meurtri…

Grâce à ses talents et à sa force de travail, Temple fait carrière malgré des accrocs liés à ses problèmes de communication et d'interaction. Les gaffes et autres vexations dont elle est involontairement à l'origine sont d'abord multiples. Ayant obtenu que Corral Industries construise une nouvelle rampe pour les abattoirs Swift, elle réprimande vertement des ouvriers qui ont mal fait des soudures et en est réduite, sur le conseil de l'ingénieur de l'usine, à présenter des excuses à la cantine : c'est son initiation à la diplomatie et aux relations de travail... Quelque temps plus tard, elle écrit au PDG de Swift pour signaler des erreurs d'installation dans une autre usine, sans prévoir qu'il va mal le prendre et que cela va attirer des ennuis à Tom Roher.

La naïveté et la franchise tout autistiques de Temple l'ont empêchée de saisir une évidence : tous les employés d'une entreprise ne cherchent pas systématiquement à défendre ses intérêts. Optimiser son fonctionnement ne constitue pas leur première source de motivation, alors qu'ils restent sensibles à la façon dont on les traite ainsi qu'au respect de la hiérarchie. En somme, Temple a techniquement raison et socialement tort.

La jeune femme finira par démissionner de Corral Industries tout en continuant à écrire dans la revue et en travaillant en free lance – une situation plus simple pour elle car un emploi régulier au sein d'une entreprise favoriserait immanquablement de nouveaux malentendus. Son incapacité à décrypter les indices sociaux ne continue pas moins à lui jouer des tours. Elle ne s'aperçoit pas, par exemple, que le nouveau directeur de l'*Arizona Farmer Ranchman* la regarde de travers. Que sa tête ne lui revient pas – toujours ces bizarreries dans sa façon d'être qui la mettent à part ! – et qu'il compte la renvoyer. C'est une collègue bienveillante qui l'en avise, et l'aide à rassembler tous les papiers qu'elle a écrits pour le journal afin de les lui présenter. (Avec succès : après avoir parcouru l'épais dossier, le directeur lui propose une augmentation.)

La leçon porte ses fruits. Temple apprend à adapter sa manière de se présenter et de travailler de façon que son handicap pèse le moins possible sur sa trajectoire professionnelle. Avec elle, il ne s'agit pas de "se" vendre, comme on dit, mais bien de vendre son savoir-faire et ses compétences. Elle prend systématiquement contact par téléphone car il y a beaucoup moins de paramètres à maîtriser que lors d'une rencontre dans un bureau, où il lui faudrait veiller à son attitude, ses gestes, son visage, tout en tâchant de déchiffrer ceux de son interlocuteur. Elle prépare tout aussi systématiquement un portfolio compilant tout ce qu'elle est capable de concevoir – des plans et photos assortis de descriptifs – sans qu'elle ait besoin de tenir de discours. Quand, lors d'une réunion de l'American Society for Agricultural Engineers, elle se fait snober par des collègues qui la jugent manifestement étrange et refusent de lui parler, il lui suffit de dévoiler les plans d'une installation qu'elle a dessinée pour aussitôt les faire changer d'avis ("C'est vous qui avez fait ça ?!") et pouvoir entamer une discussion.

Pour autant, le plus grand obstacle à surmonter pour gagner le respect des uns et des autres dans l'industrie d'élevage n'est pas son autisme. Être une femme constitue un handicap plus considérable encore. Au début des années 1970, il n'y a que des hommes dans les parcs à bestiaux, et Temple se voit infliger toutes sortes d'humiliations destinées à lui signifier qu'elle ne devrait pas être là. Elle est forcée de s'habiller dans les toilettes des hommes dans une laiterie, on lui fait traverser trois fois la cuve de sang dans un abattoir, la porte d'entrée d'une exploitation – Scottsdale – lui est carrément interdite par un des employés, on lui affirme que les épouses des cow-boys refusent qu'une femme travaille avec leurs maris… Sans compter cette fois où elle retrouve le pare-brise de sa voiture enseveli sous des testicules de taureau ! "Ce qu'on appelle aujourd'hui harcèlement sexuel n'est rien à côté de ce que j'ai subi", commentera-t-elle par la suite.

Sa chance, ce qui a permis de l'imposer, c'est l'épidémie de gale qui frappe le bétail au milieu des années 1970. Les vaches se grattent au sang, développent des plaies, contractent des infections, perdent parfois la vie. À l'époque, on ne sait pas les débarrasser des parasites autrement qu'en les faisant plonger dans un bassin étroit et long rempli de pesticides. Problème : elles refusent d'avancer et quand on les force à y entrer, paniquent jusqu'à se noyer. Un des managers de l'exploitation de Red River demande à Temple de dessiner une "piscine" qu'elles accepteraient de traverser sans incident et la jeune femme, après avoir analysé à peu près tout ce qui se faisait en la matière, aboutit à une série de trouvailles. L'installation est en forme de double S qui se rétrécit progressivement. Le chemin courbe donne aux bêtes l'impression de retourner à leur point de départ et elles avancent donc en toute quiétude jusqu'à former une file indienne. Les murs sont élevés et opaques pour qu'elles ne voient rien de l'extérieur, ce qui élimine toute source de distraction ou de frayeur.

Elles glissaient et meuglaient de terreur sur les rampes en métal qui les menaient jusqu'au bassin ?

Temple en a imaginé une en béton, creusée de profonds sillons assurant leur prise. Elle s'est inspirée des rampes de chargement qui possèdent des tasseaux, et sur lesquelles les bêtes montent sans difficulté car elles ne craignent pas de perdre l'équilibre. Et pour faire en sorte qu'elles soient immergées dans les pesticides jusqu'aux oreilles (une nécessité car les parasites vont parfois s'y nicher), la rampe inclinée à vingt-cinq degrés s'interrompt ensuite pour les amener à glisser doucement dans l'eau grâce à leur centre de gravité. Les produits chimiques qui teintent l'eau les empêchent de voir qu'elles vont devoir nager – ce qu'elles savent très bien faire et ne leur pose donc aucun problème. La “piscine” est assortie d'un système de filtrage et de margelles en béton – comme dans une vraie piscine – pour éviter que les produits n'éclaboussent les employés et Temple a eu l'idée de disposer une cloison pour séparer les bêtes en train de se sécher des autres – auparavant, elles devenaient nerveuses car elles voulaient suivre leurs compagnes déjà sèches, ce qui semait le désordre et freinait l'ensemble du processus. Personne n'avait deviné les raisons de leur comportement – personne ne s'interrogeait – et nul n'avait donc réussi à trouver de solution…

Avec le système conçu par Temple, plus de vaches qui se noient ou se cassent une patte, plus de cowboys qui doivent les pousser ou au contraire les calmer parce que la frayeur leur fait faire n'importe quoi, plus de meuglements d'affolement qui entraînent une panique générale ; le bétail demeure paisible et chemine tranquillement, à un rythme constant, sans plus marquer d'arrêt. Les journaux professionnels locaux et nationaux s'extasient sur ce dispositif révolutionnaire et les propositions affluent : elle dessine trois, quatre, cinq, six piscines, ainsi que les complexes de manutention afférents. Dans le milieu de l'industrie d'élevage, le nom de Temple est bientôt sur toutes les lèvres.

PAUL

Après avoir réussi à plaider notre cause auprès de la MDPH, qui nous verse de quoi payer une bonne partie des soins prodigués à Paul, avoir réussi à trouver une psychomotricienne et une orthophoniste spécialisées alors qu'elles se comptent sur les doigts d'une main, avoir réussi à intégrer la quinzaine de familles qui bénéficie des interventions de l'association de thérapeutes Les Petits Bleus, nous avons une nouvelle fois de la chance dans notre malheur : Paul est admis en classe Soleil, une maternelle où six adultes formés au comportementalisme et au PECS, supervisés par une psychologue de l'association qui s'occupe déjà de Paul, prennent en charge six enfants, sous la houlette d'une enseignante spécialisée. Un dispositif imaginé par une professeure de l'hôpital Robert-Debré, qui après avoir démarché en vain des établissements publics a sollicité des établissements privés et trouvé une oreille attentive au sein de l'enseignement catholique – jésuite, pour être précis. On s'y est montré sensible à l'idée de venir en aide aux petits souffrant de TSA tout en éduquant les autres élèves au handicap et à la différence, et une première classe Soleil est née en 2009 à Saint-Dominique, à Neuilly, puis une deuxième en 2013 à

Saint-Louis-de-Gonzague, à Paris 16e, avec un succès tel que l'État a depuis décidé de créer dans tout le pays des UEM – des "unités d'enseignement maternel" – sur un modèle voisin. En y allant à petits pas – une par département pour commencer –, mais mieux vaut de petits pas que du sur-place…

Chaque enfant bénéficie d'un projet éducatif individualisé, avec des temps d'apprentissage adapté en classe et des temps partagés – la récréation, la cantine – avec les autres élèves de l'école. La classe Soleil veut être un sas qui les prépare à intégrer une classe ordinaire, avec ou sans auxiliaire de vie scolaire (ces "AVS" supposés assister tous les enfants pour qui c'est nécessaire et qui dans la réalité sont trop peu nombreux, mal payés et mal formés, nul ne semblant s'être avisé qu'un enfant autiste, un enfant aveugle et un enfant paralysé des jambes ont des besoins différents). La psychologue s'occupe des objectifs en matière de comportement et de communication, tandis que l'enseignante se charge des objectifs académiques tout en faisant le lien avec les parents comme avec les professionnels extérieurs. Si mettre en place un système de communication et faire accéder les petits au langage, leur apprendre à être calme et disponible, sont des priorités, on se salue, travaille le prénom, la date, la météo comme dans n'importe quelle maternelle et on y suit un programme qui comprend des chansons gestuées, des ateliers et de la motricité.

Cette marche progressive vers l'inclusion et l'autonomie, où l'on prend en compte les spécificités de chaque enfant, est évidemment idéale. Elle a aussi un prix élevé – entre les fournitures, la formation et le personnel, il faut compter de 15 000 à 20 000 €

par enfant et par an – mais qui apparaît soudain très raisonnable quand on sait que l'accueil en hôpital psychiatrique où l'on assomme de neuroleptiques les porteurs de TSA laissés sur le bord de la route peut revenir, à terme, à plusieurs *millions d'euros* par personne... En termes de retour sur investissement, il n'y a guère de comparaison possible, et c'est vraisemblablement ce "calcul d'une humanité pratique", comme aurait dit Zola, qui a convaincu l'État de s'engouffrer dans la brèche, plus que toute considération sur la dignité des personnes avec autisme ou la souffrance et l'épuisement de leurs parents. Les parents des enfants de la classe Soleil n'ont du reste rien à payer : tout est financé pour partie par l'État, justement, et pour (majeure) partie par des mécènes et donateurs généralement passés par les établissements jésuites en question, qui ont accueilli la descendance des plus grandes familles françaises. Même Adrien, universitaire et normalien férocement attaché à la laïcité qui à une autre époque n'aurait pas déparé parmi les hussards noirs de la IIIe République, est forcé de reconnaître que la tradition du catholicisme social et la "bienveillance ignatienne" ont parfois du bon.

Notamment parce qu'il a été détecté et diagnostiqué tôt, Paul "avait tout à fait le profil", selon le mot de la psychologue, et il a donc été accepté à Saint-Louis-de-Gonzague sur recommandation de l'hôpital Robert-Debré. Le jour de la rentrée, le petit, revêtu de l'uniforme obligatoire – une blouse d'écolier bleu marine brodée de fil blanc –, semble tout droit sorti d'une publicité avec ses traits délicats, ses épais cheveux sombres et ses airs de peluche. "Il pourrait devenir le premier mannequin enfant autiste", observe son père en le soulevant dans ses bras tandis que Paul affiche une moue renfrognée qui lui donne l'air plus adorable que jamais. Les épreuves successives ont épuisé Adrien sans tout à fait anéantir son humour et je parviens à sourire tout en achevant de préparer le sac de notre fils pour la journée – doudou, goûter, cahier de liaison. J'espère de tout mon cœur que l'admission de Paul va nous soulager d'une prise en charge à domicile bien lourde à porter financièrement, logistiquement et moralement, et nous permettre de reprendre notre souffle.

En jetant toutes nos forces dans une bataille quotidienne contre l'autisme, Adrien et moi avons oublié qu'il s'agissait d'un marathon et non d'un sprint. Nous avons négligé de prendre soin de nous comme il l'aurait fallu et avons du mal à maintenir la tête hors de l'eau. Les circonstances ne nous y ont guère aidés : Adrien a perdu sa mère d'un cancer moins d'un an après le diagnostic de Paul et ce double deuil, réel et symbolique, l'a miné jusqu'à le faire basculer dans la dépression. S'il a encore la force de se soigner, la force de continuer à s'occuper de Paul, le garçon rieur, passionné et plein de charme que j'ai connu n'existe plus. Lui qui a toujours veillé sur le confort et le bien-être de ses proches au mépris de son confort et de son bien-être à lui a été contraint d'inverser les propositions, pareil aux adultes à qui l'on enjoint dans les avions de placer en cas de dépressurisation le masque à oxygène sur leur visage à eux avant de s'occuper de qui que ce soit d'autre…

Je sais que c'est nécessaire à sa survie, et pourtant j'en suis terriblement et déraisonnablement blessée. Mon burn-out à moi, moins spectaculaire, est aussi plus pernicieux. Si je parviens à faire relativement bonne figure à l'extérieur, le chagrin et la colère qui me ravagent se reportent sur les miens : j'en veux à Adrien de sa dépression, à Paul de son handicap et à moi-même d'avoir ces pensées. Il ne se passe pas de semaine sans que j'éclate en pleurs ou en reproches et Adrien, qui n'est pas moins en colère que moi, n'a plus ni le courage ni l'envie de me réconforter. L'autisme nous a à la fois soudés et à jamais éloignés l'un de l'autre. S'il n'y avait pas Paul et son handicap, nous nous séparerions, me dis-je souvent. Mais s'il n'y avait pas Paul et son handicap – s'il n'y avait pas son handicap tout court –, le couple éperdument amoureux, si complice et si complémentaire, que nous avons formé pendant dix ans, en serait-il arrivé là, à danser autour du point de rupture comme on contemple le vide du haut d'un gratte-ciel ?

Nous n'avons pas perdu espoir, cependant, et à raison : la classe Soleil est une chance unique. Le seul problème, c'est que Paul ne partage manifestement pas notre avis. Sa petite moue renfrognée n'annonçait rien de bon et la suite l'a confirmé. Quitter le cocon de la prise en charge à domicile pour devoir chaque matin traverser la moitié de Paris afin de rejoindre une école qui par définition rassemble une foule d'enfants qui courent, jouent et crient dans la cour de récréation quand ils ne se pressent pas à grand bruit dans les couloirs ou à la cantine n'est pas de son goût, et il invente en signe de protestation de se coucher par terre à tout moment. Une sorte de sit-in allongé qui oblige la psychologue à mettre en place un "protocole pour marcher seul à côté de l'adulte" : sitôt qu'il a fait trois pas seul, il est récompensé en étant porté l'espace de trois pas supplémentaires, et l'on augmente ensuite à quatre, cinq, sept, dix, quinze le nombre de pas à faire seul, l'adulte le guidant pour faire les pas demandés en le maintenant sous son épaule quand il tente de s'enfuir ou de s'asseoir… Des semaines puis des mois s'écoulent ainsi, durant lesquels Paul, volontairement ou non, ne montre pratiquement aucune des compétences qu'il a à la maison ; les intervenantes de la classe Soleil doivent patiemment lui réenseigner ce qu'il sait pourtant faire dans un autre contexte, avec d'autres personnes.

Cette opposition silencieuse ne laisse pas de nous préoccuper, tandis que le rythme reste soutenu. Il faut être prêt à tout lâcher et sauter dans le métro ou un taxi pour aller récupérer Paul sitôt qu'il est victime d'un de ces accès de fièvre dont il est familier car la classe Soleil, nous a-t-on bien fait comprendre, n'est pas un service de babysitting. Ces jours-là, que rien ne laisse évidemment prévoir, Adrien comme moi devons nous arranger comme nous pouvons pour boucler nos articles, corrections de copie et autres préparations de cours tard le soir ou tôt le matin, en priant pour que Paul soit dans un bon jour – c'est-à-dire qu'il fasse une bonne nuit, ce qui n'arrive pratiquement jamais. Il faut gérer le transport en voiture du petit entre la maison et Saint-Louis-de-Gonzague, qui est pratique et gratuit mais occasionne d'autres soucis, des retards des chauffeurs qui vous valent des reproches à vous au doudou que l'école oublie de glisser dans le sac alors que Paul ne peut s'endormir sans – ce qui vous condamne à une nouvelle nuit blanche.

Il faut gérer les susceptibilités des uns et des autres, les relations entre l'école, l'association et les thérapeutes extérieures, les échanges quotidiens, par mail et sur le cahier de liaison, où l'on note ce que Paul a mangé, s'il a dormi, les comportements qui sortent de l'ordinaire, les maladies, les crises mais aussi les bonnes surprises, histoire de remonter un peu le moral des troupes. Il faut lire et apprendre les nouvelles procédures, plastifier de nouveaux pictos pour le PECS, écumer les sites internet et les magasins de jouets en quête de renforçateurs, imprimer le détail des séquences et les grilles de cotation pour les thérapeutes de l'association qui interviennent le mercredi et certains soirs, s'astreindre à suivre les ateliers, guidances et autres formations pour parents programmées le samedi matin par l'école et le jeudi après-midi par l'association… Et il faut enfin, naturellement, prendre soin du petit sitôt qu'il est rentré – 16 h 30 au plus tard – alors qu'il demande déjà tellement d'efforts, de temps et de disponibilité d'esprit que je me sens parfois près de devenir folle.

Plus nerveuse et moins robuste physiquement, je suis aussi seule en charge lors des absences d'Adrien, qui part deux jours par semaine donner ses cours dans une université du Sud de la France. Dans ces moments-là, l'angoisse m'étreint et la moindre tâche me semble une montagne, mais je fais taire comme je peux mon désir de disparaître à l'autre bout de la terre pour arborer un gentil sourire tandis que j'accueille Paul. Coincée dans une version TSA d'*Un jour sans fin*, je continue de faire et refaire toujours les mêmes gestes. Je guide Paul pour qu'il accroche le manteau, enlève et range ses chaussures, se lave les mains, prenne le goûter et le bain, dîne et se couche tandis qu'il s'agite et résiste, pousse des cris, guette la moindre occasion de m'échapper. Je continue de changer ses couches – l'acquisition de la propreté fait partie des objectifs mais nous ne lancerons la procédure, très lourde, qu'une fois que Paul aura pris ses repères au sein de l'école – et tâche de ne pas désespérer parce qu'il a envoyé valdinguer des affaires par-dessus le balcon, inondé ses vêtements en se lavant les mains, renversé un pot de confiture dans son lit pendant que je cuisais les pâtes…

Je m'efforce de ne pas perdre patience quand cela fait la millième fois que je m'adonne aux mêmes jeux : faire rouler vers Paul une petite voiture dans laquelle on a glissé une chips, seul moyen pour qu'il accepte de la renvoyer et que s'établissent ainsi un échange et un tour de rôle ; lancer de brefs dessins animés et faire en sorte qu'il les regarde plus de quelques secondes en glissant subrepticement, par-derrière, des miettes de cookie dans sa bouche tandis qu'il fixe l'écran ; faire et refaire avec lui les mêmes éternelles applications de puzzles et d'encastrements pour tout-petits ; le guider pour placer les jetons du Colorino en le récompensant d'un "Bravo, Paul !" enthousiaste chaque fois qu'il parvient à faire coïncider le jaune avec le jaune, le bleu avec le bleu, le rouge avec le rouge, le vert avec le vert…

L'évolution de Paul est lente, les activités répétitives et usantes, mais je m'accroche. Alors que j'ai plutôt tendance à tout voir en noir, je me passe et me repasse le récit d'Alina, la psychomotricienne, qui dans l'UEM où elle exerce en parallèle a eu la joie de voir un des petits porteurs de TSA sortir son premier mot, puis sa première phrase. Je me récite tel un mantra toutes les statistiques dont je dispose sur les gains qu'apporte un programme éducatif intensif et précoce en termes de QI, de capacités langagières, d'attention conjointe, de jeu, d'imitation. Me remémore cette enquête du *New York Times Magazine* sur "Les enfants qui ont vaincu l'autisme", que j'ai lue et relue avec avidité. En dépit de ses allures sensationnalistes, le titre n'était nullement mensonger : 10 % des enfants avec TSA font effectivement de tels progrès au fil du temps qu'on ne les distingue plus des enfants ordinaires, et la journaliste avait rencontré plusieurs d'entre eux, ainsi que leur famille.

J'avais été particulièrement frappée par l'histoire qui ouvrait et clôturait l'article. Celle de Lena, une mère de famille qui avait vu son bébé de douze mois, Mark, changer au point de ne plus le reconnaître – à croire que les fées l'avaient remplacé par un *changeling*. Son regard s'était fait vague et fuyant, ses mots et gazouillis s'étaient taris et l'on aurait dit qu'il était devenu sourd au monde qui l'entourait. Le joyeux bambin qu'il était jusque-là s'était mué en une créature hurlante, en proie à de violents accès de colère, qui se cognait le front contre les barreaux du parc et du lit, et se jetait à terre en se débattant sans qu'on sût pourquoi. Le diagnostic – autisme sévère – avait dévasté Lena et son mari. En quête de réponses, elle s'était rendue à une conférence réunissant des cliniciens, des chercheurs spécialisés dans l'autisme ainsi qu'une poignée de parents au désespoir et lors du déjeuner, avait entendu une autre mère, Jackie, raconter son propre calvaire – comment son bébé à elle avait lui aussi régressé et cessé de réagir comme il réagissait jusque-là pour se réfugier dans une bulle où rien ne semblait l'atteindre. Le dernier mot qu'il avait conservé, avait-elle observé avec tristesse, était "maman". Mais il avait fini par le perdre lui aussi, comme il avait perdu tout le reste – comme elle-même avait perdu le petit garçon qu'elle connaissait.

Dans les mois et les années qui suivirent, les deux femmes maintinrent le contact, partageant leurs peurs, leurs frustrations et leurs traitements. Dans les années 1990, elles essayèrent tout ce qui était possible et imaginable : les thérapies d'intégration sensorielle, l'administration de mégadoses de vitamines, l'équithérapie et même un genre de poudre dont un psychologue avait vanté les mérites en affirmant que les suppléments alimentaires pouvaient guérir l'autisme. Ni l'un ni l'autre des garçons n'en avait retiré de bénéfice. Ensemble, elles avaient envisagé et rejeté l'analyse comportementale appliquée, dont elles craignaient qu'elle ne transformât leurs fils en robots. Puis juste avant les trois ans de Mark, Lena avait lu le récit d'une femme expliquant comment l'ABA avait "sauvé" ses deux enfants porteurs d'autisme. Sans trop oser y croire, Lena avait essayé de faire quelques-uns des exercices indiqués en appendice du livre, qui reposaient sur un même principe : donner une consigne, la faire exécuter à l'enfant et le récompenser quand il réussissait. Elle demanda ainsi à haute voix à Mark de frapper dans ses mains, les lui saisit pour le faire applaudir, et le chatouilla ensuite en clamant : "Bravo !! C'est ça, tu as réussi !!"

Elle avait l'impression de savoir à peine ce qu'elle faisait, mais obtint bientôt des résultats comme elle n'en avait jamais eu auparavant. Impressionnées par les progrès du petit, les deux familles engagèrent des spécialistes de l'université de Californie pour trois jours de formation (et la modique somme de 12 500 $). Après avoir observé les garçons durant des heures, ils établirent un programme sur mesure dont les objectifs seraient régulièrement réévalués en fonction des trajectoires des enfants, tandis que les familles recrutaient et formaient des personnes de façon que l'un comme l'autre des jeunes patients eût droit à ses trente-cinq heures hebdomadaires d'ABA.

Il fallut des semaines, des mois, des années, mais Mark apprit à regarder dans les yeux, puis à pointer, puis à parler. Il avança, changea, se transforma progressivement, et en dernière année de maternelle, il était devenu un garçonnet bavard et de bonne composition, dont la différence ne tenait plus qu'à son hyperactivité, ainsi que certaines excentricités : obsédé par les espèces animales, il tenait de longs discours sur son dinosaure ou son poisson favori du moment, sans prêter attention aux réactions de ses interlocuteurs… Mais que cela soit dû aux conseils de sa mère en la matière ou à la plasticité de son cerveau que l'ABA semblait avoir rééduqué comme un kinésithérapeute rééduque un bras ou une jambe, ses monologues et ses fixations diminuèrent peu à peu, jusqu'à disparaître. Quand il était en CE1, le médecin déclara à Lena que Mark ne cochait plus aucun des critères de la maladie. Il était devenu un garçon comme un autre – c'est-à-dire qu'il avait un caractère, des goûts et des envies bien à lui, naturellement, mais qu'il était sorti du spectre. Désireux de mettre le handicap et le passé de Mark loin derrière eux, Lena et son mari déménagèrent pour s'installer dans un endroit où personne ne savait que leur fils avait un jour été diagnostiqué autiste. Lui-même l'oublia totalement et ce n'est qu'à son adolescence que ses parents le lui apprirent, pour son plus grand choc…

J'ai conscience que les chances qu'a Paul de connaître semblable destin sont faibles. La moitié des enfants autistes n'accède jamais au langage et dans ces 50 %, 95 % mèneront une vie très diminuée. Mais je sais aussi que dans le sous-groupe de 10 % qui échappe au sort commun, récupère ses compétences et revient à une trajectoire de développement normale, les petits sont deux fois plus susceptibles d'avoir bénéficié d'un programme éducatif comportemental personnalisé comme en a eu Mark et comme en a Paul à présent. Et que la majorité des enfants passés par la classe Soleil ont ensuite rejoint une classe ordinaire, que ce soit un, deux ou trois ans après leurs débuts au sein de l'école… Alors pourquoi m'interdirais-je d'espérer ? Pourquoi ne pas rêver pour moi et mon fils d'une histoire comme en ont eu Lena et Mark ? Pourquoi ne pourrais-je pas être moi aussi une mère courageuse et dévouée qui a fait ce qu'il fallait et voit ses efforts récompensés ?

TEMPLE

Un jour où, étudiante, Temple donnait un coup de main à la cafétéria, elle avait été chargée de nettoyer l'intérieur d'une vitrine. Elle s'y était glissée et s'était retrouvée coincée entre les portes vitrées. Les gens à l'extérieur lui parlaient mais leurs paroles ne lui parvenaient que difficilement, assourdies, étouffées, et elle avait peine à les comprendre. C'était exactement cela, l'autisme, avait-elle alors songé : une paroi invisible qui la séparait des autres et l'empêchait de les entendre… Les rapports humains lui sont par la suite apparus comme une porte coulissante en verre qui doit être ouverte avec précaution pour ne pas voler en éclats, et cette vision lui avait permis de mieux saisir la nécessité des rites et usages présidant aux relations sociales. Son comportement et sa façon de s'adresser aux autres en avaient été considérablement améliorés.

Temple est toujours passée par des symboles visuels pour appréhender les notions abstraites. Mais pendant très longtemps – vingt-huit ans exactement –, elle a ignoré que cette nécessité était aussi le signe qu'elle traitait les informations de façon particulière : elle pense en images. Quand la plupart des gens lisant ou entendant les mots “chien”, “chaussure” ou “église” se représentent une image générique, aux contours plus ou moins précis, plutôt que tel chien, telle chaussure, telle église, Temple ne voit que des images spécifiques. Les autres partent du concept global pour arriver au particulier, tandis que c’est l’inverse pour elle : les images de tous les chiens, toutes les chaussures, toutes les églises qu’elle a jamais aperçues surgissent dans sa tête dans l’ordre chronologique, et elle peut examiner chacune d’entre elles dans le moindre détail. Si elle pense aux danois, par exemple, elle voit d’abord Dansk, le danois du proviseur de son lycée, puis Helga, qui succéda à Dansk, puis le chien de sa tante en Arizona, puis une publicité pour des housses de sièges de voiture où figure un danois, et ainsi de suite. Si on lui dit “train”, elle voit aussitôt une rame du métro de New York, un train qui traverse le campus de son université, un convoi de charbon à Fort Morgan, près de chez elle, un train qu’elle a pris en Angleterre… Son cerveau fonctionne exactement comme Google Images.

“Pour moi, les mots sont comme une seconde langue, expliquera-t-elle plus tard. Je traduis tous les mots, dits ou écrits, en films colorés et sonorisés ; ils défilent dans ma tête comme des cassettes vidéo.” Lorsque quelqu’un parle à Temple, ses paroles se transforment en images qu’elle garde en elle, de même qu’elle “photographie” son environnement, ce qu’elle lit, ce qu’elle voit, pour le stocker dans sa mémoire. C’est ainsi qu’elle se souvient de tous les composants de tous les complexes et installations destinés au bétail qui sont passés devant ses yeux – verrous, portes, murs, barrières… – et peut sélectionner les meilleurs et les plus adaptés pour chaque projet qui lui est commandé. Elle n'a pas procédé autrement pour la piscine de Red River, née de la combinaison du souvenir d'une piscine de Yuma, dans l'Arizona, d'une cuve portable dont elle avait contemplé les clichés dans un magazine et d'une rampe d'entrée aperçue sur un système de contention dans un abattoir de Tolleson, dans l'Arizona.

Non contente de piocher à loisir dans sa vidéothèque personnelle pour en extraire de quoi construire des systèmes toujours plus astucieux, Temple peut également faire des simulations mentales de la façon dont marcheront les "piscines", couloirs de contention et autres aires d'affouragement avant même qu'elles soient fabriquées. Nul besoin de logiciel d'animation graphique sophistiqué : elle teste les appareils dans sa tête comme l'ingénieur Nikola Tesla disait le faire pour toutes ses inventions, en arguant qu'une fois qu'il les avait imaginées, le reste n'était plus que formalité (et cessait, d'ailleurs, de l'intéresser). Temple peut examiner "en esprit" les machines sous différents angles, en se plaçant de biais, dessous ou dessus, en les faisant tourner et pivoter selon ses désirs, et elle peut expérimenter leur fonctionnement dans des conditions climatiques variées, pour des bêtes de taille et d'espèce différentes. Elle est plus performante que n'importe quel programme de réalité virtuelle et naturellement, tandis qu'elle accumule savoirs et expériences, qu'elle emmagasine des images – et que son esprit révise et modifie les concepts à mesure que s'ajoutent de nouvelles données, un peu comme un logiciel d'ordinateur est régulièrement mis à jour –, ses compétences professionnelles s'aiguisent jusqu'à atteindre un niveau inégalé.

Temple est capable de visualiser n'importe lequel de ses souvenirs en les transformant si besoin en images de synthèse de haute qualité – de reprendre toutes les images dont elle dispose pour les modifier, les réarranger, les fragmenter et les recombiner à loisir afin d'en créer d'autres. Mieux encore, elle parvient à dresser non seulement dans sa tête mais aussi dans la réalité les plans des installations qu'on lui commande en ayant simplement observé avec attention un dessinateur industriel, David, avec lequel elle avait travaillé du temps où elle était employée à Corral Industries. Après avoir longuement étudié ses croquis, elle a tracé les siens en faisant comme si elle était lui, reproduisant ses gestes et imitant son style, allant jusqu'à utiliser les mêmes outils, la même marque de papier et de crayons à papier. Le résultat fut stupéfiant : les plans étaient aussi impeccables que si c'était David qui les avait réalisés, et si Temple a d'abord jeté de temps en temps un œil sur le travail de son ex-collègue, gardé à portée de regard, elle n'en a bientôt plus eu besoin. Sans aucune formation technique préalable, elle a assimilé et fait sien le talent de David.

Ces atouts, combinés à l'honnêteté et à l'engagement de Temple, aident à vaincre les préjugés et favorisent son ascension professionnelle. Sa carrière prend une belle tournure – elle est bientôt la première femme à être élue au conseil d'administration de l'American Society of Agricultural Consultants – et tout irait pour le mieux si ses attaques de panique lui laissaient le loisir d'en profiter. Cela fait un moment que l'exercice physique comme la machine à serrer ne suffisent plus à calmer un système nerveux passé en mode d'hypervigilance permanente.

La surexcitation qui avait pu autrefois exercer une action stimulante sur Temple, nourrissant ses obsessions sur le bétail et le bien-être animal et la poussant à aller plus loin, pour lui permettre d'atteindre une nouvelle porte, de franchir une nouvelle étape de son existence, s'est muée en une anxiété paralysante. Les crises qui assaillent Temple et lui donnent le sentiment qu'elle a constamment un tueur aux trousses ou qu'elle est au bord d'un précipice dans lequel elle va basculer se sont intensifiées de façon dévastatrice. Des heures et des jours durant, son cœur bat à tout rompre, son corps est en sueur, ses jambes tremblent et elle peine à tenir debout. Ce sont sinon des coliques et des migraines qui l'accablent, au point qu'elle a l'impression, dira-t-elle, que son corps va "se déchirer et tomber en morceaux".

Après avoir en vain cherché une explication psychologique à ses maux et même tenté de mettre en place des formes de rituels pour les conjurer, elle se tourne vers la médecine. Mais n'obtient pas plus de résultats : les examens ne permettent pas de fournir d'explication et les docteurs échouent les uns après les autres à déterminer l'origine des crises. Il faut une attaque d'une sévérité comme elle n'en avait jamais connu jusque-là pour l'amener à prendre des mesures plus radicales. À trente-quatre ans, alors qu'elle se relève d'une opération de la paupière, elle est victime d'une inflammation et se réveille au milieu de la nuit en proie à des cauchemars qui la laissent anéantie, terrorisée à l'idée de devenir aveugle : pour quelqu'un qui pense en images, cela équivaudrait à un arrêt de mort…

Elle se résout alors à ressortir un article scientifique découvert quelques mois plus tôt – ce que lui a enseigné monsieur Carlock sur les recherches bibliographiques et les index scientifiques aura décidément été utile – sur le traitement de l'anxiété par des antidépresseurs. Retrouvant une grande partie de ses symptômes chez les patients sur lesquels l'étude a été faite – nervosité extrême, cœur qui tambourine, anxiété dévorante, tremblements intérieurs… – et notant que l'administration de tranquillisants comme le Valium n'a pas plus eu d'effet sur eux qu'elle n'en a eu sur elle, elle convainc un médecin de lui prescrire de l'imipramine.

En deux jours, son mal diminue de 90 %. Tout se passe, dira Temple, comme si on avait réglé la vis platinée du moteur d'une vieille voiture qui tournait à une vitesse telle qu'il menaçait d'exploser : à présent, la vitesse à laquelle "roule" son système nerveux oscille entre quatre-vingt-dix et cent cinquante kilomètres à l'heure au lieu de deux cent quarante et trois cent vingt. Et cela change tout. Il n'existe pas de pilule qui puisse guérir de l'autisme mais il y en a qui, simulant l'adaptation au stress, parviennent à soulager certaines personnes, autistes ou non, chez qui les événements du quotidien peuvent déclencher une panique disproportionnée du fait de dysfonctionnements pouvant être dus à un traumatisme (guerre, accident, perte d'un enfant…) ou avec lesquels on est né, comme dans le cas de Temple, pour qui la révélation est double. Elle qui a longtemps cru que tout le monde subissait des attaques semblables, de même qu'elle a longtemps cru que tout le monde pensait en images, découvre que l'état de stress continu n'est pas la norme et que l'existence ne se résume pas à lutter en permanence contre une angoisse aussi débilitante qu'inexplicable.

À présent que sa frénésie maladive l'a quittée, Temple cesse de tenir son journal intime et ne ressent plus le besoin d'en appeler aux systèmes symboliques qui lui permettaient de donner un sens à ses attaques dans l'espoir de les voir disparaître. Ses obsessions, rituels et tocs se réduisent et ses ennuis de santé, coliques et migraines, ne sont plus qu'un souvenir. Ses relations avec les autres s'améliorent et elle conduit ses affaires avec plus de sérénité et par là, d'efficacité – tout en ayant conscience qu'elle ne serait jamais allée aussi loin si elle avait été sous médication dès ses vingt ans. Tant qu'ils ne la détruisaient pas, ses nerfs la galvanisaient. Ils lui ont donné la ténacité et l'obstination dont elle avait absolument besoin pour avancer…

Temple s'attache dans le même temps à poursuivre ses travaux universitaires et, après y avoir consacré cinq années, soutient une thèse de doctorat en science animale à l'université d'Illinois qui porte sur l'influence de l'environnement sur le comportement et le développement cérébral des porcins. Il en ressort qu'un environnement enrichi – où Temple a ajouté à la paille des balles de plastique, des tuyaux de métal, de vieux annuaires… – les fait gagner en sociabilité, en curiosité, en débrouillardise (les cochons ainsi "enrichis" apprennent même à dévisser des boulons avec leur langue !), quand un environnement appauvri les rend irritables, hyperexcitables et agressifs, presque "autistiques".

Son étude met en évidence la plasticité du cerveau animal et annonce de ce fait les travaux à venir sur la plasticité du cerveau humain, qui peut, même à l'âge adulte, se remodeler au point qu'on est capable de faire demain ce dont on est incapable aujourd'hui, en matière de dextérité manuelle comme de perception des sons. Elle amène parallèlement Temple à se demander si l'autisme, lié à des déficiences du système nerveux qui isolent l'enfant autiste et l'empêchent de faire autant d'expériences qu'un enfant ordinaire, ne serait pas aussi aggravé, précisément, par cette privation d'expériences qui creuserait, comme dans un cercle vicieux, ces déficiences…

L'année qui suit l'obtention de son doctorat, Temple trouve un poste à l'université d'État du Colorado. Ou plus précisément le conquiert en contournant les règles habituelles. Au lieu d'attendre d'être contactée et de négocier, elle prend l'initiative d'appeler et de candidater en abattant une carte maîtresse : ne s'intéressant pas à l'argent, elle se moque du salaire qu'elle recevra. Disposer d'une enseignante hautement qualifiée qui accepte d'être payée comme si elle ne travaillait que quelques heures par semaine alors qu'on va l'employer à temps plein est un argument irrésistible : Temple est engagée. Rien encore ne laisse deviner qu'elle deviendra le plus célèbre des membres de l'établissement, et figurera même dans la liste des dix professeurs les plus influents du pays en 2020…

Mais n'allons pas trop vite en besogne. Nous sommes en 1990 et la réussite de Temple est d'ores et déjà spectaculaire : la fillette qui tapissait sa chambre de ses excréments, se débattait en hurlant pour des raisons que nul ne parvenait à saisir, l'enfant violente, incontrôlable, que son père et les psychiatres voulaient institutionnaliser, celle que ses camarades d'école, de collège, de lycée traitaient de "tarée" avec un mélange de peur et de mépris, occupe désormais le poste de professeure d'université en science animale, auquel elle a ajouté les casquettes d'ingénieure et de femme d'affaires ayant fondé sa propre société de conseil et de conception des équipements d'industrie d'élevage, Grandin Livestock Handling Systems.

Elle voyage aux États-Unis et au Canada, en Europe ou en Australie, tant pour dessiner du matériel destiné – et adapté – au bétail que pour livrer son diagnostic sur les installations locales et découvrir des solutions aux problèmes qui les empêchent de fonctionner. Ses idées sont à la fois inédites, astucieuses et peu coûteuses. Dans un abattoir d'Irlande où les animaux refusent obstinément d'avancer à un certain point du parcours, par exemple, elle remarque six petits trous dans le mur qui laissent passer la lumière… Six morceaux d'adhésif plus tard, tout est réglé. C'est parfois, et même souvent, aussi simple que ça, sauf que personne ne discerne ces détails qui font la différence, à part Temple. Temple qui devient dans son domaine une référence mondialement reconnue – au point qu'à terme, plus de la moitié du bétail américain passera par des infrastructures et dispositifs imaginés par elle.

PAUL

Paul a-t-il lui aussi une façon de penser particulière ? Pense-t-il seulement, d'ailleurs ? Je n'en ai aucune idée et évite de me poser la question, car à supposer que cela soit le cas, il n'a pas les mots pour le dire. Or un enfant secrètement génial qui ne sait pas lacer ses chaussures reste un enfant qui ne sait pas lacer ses chaussures. Alors que Temple a dû attendre vingt-huit ans pour se rendre compte qu'elle était dotée de capacités de visualisation hors normes, Paul n'est qu'un bambin et l'urgence n'est pas de lui découvrir des facultés cachées mais de lui enseigner les compétences les plus élémentaires... Un gros morceau a ainsi été mis au programme de cette deuxième année de classe Soleil : la propreté.

Pour ce faire, nous devons tous nous coordonner, des parents à l'école en passant par les thérapeutes qui interviennent à domicile et au local de l'association où le petit passe tous ses mercredis après-midi. On a isolé un renforçateur particulièrement convoité – des crocodiles Haribo – auquel Paul n'aura plus accès nulle part ailleurs (interdiction de lui en proposer au goûter ou de les utiliser lors d'une autre activité). Il cesse de porter une couche la journée et on l'amène toutes les demi-heures aux toilettes en ayant soin de le faire boire autant que possible pour lui donner envie d'uriner. S'il urine effectivement sur le trône, il recevra un crocodile et sera félicité avec enthousiasme, façon pom-pom girls en délire : "Bravo, petit Polo ! Tu as bien fait pipi aux toilettes, c'est génial !! T'es un champion !! On t'adore !!!..."

Si rien ne se produit, on le fera se lever au bout d'une minute en le félicitant, mais de façon plus modérée, pour avoir coopéré ("C'est bien, Paul, tu t'es bien assis et tu as bien attendu") et il reprendra ses activités. On escompte comme toujours que Paul associera les friandises au fait d'uriner dans les toilettes. Une fois que ce sera le cas, et qu'il aura pris l'habitude de s'y rendre chaque fois que c'est nécessaire, on diminuera la taille du crocodile, passant d'une moitié à un tiers, puis un quart, une fois sur deux, une fois sur trois, une fois sur quatre, puis de façon aléatoire... À terme, faire ses besoins au-dessus d'une cuvette étant a priori plus agréable que les faire sur soi, la disparition des friandises de l'équation ne devrait pas poser de problème.

Telle est la théorie. Dans la pratique, rien ne se passe comme prévu. Jour après jour, Paul s'assied gentiment où on lui dit de s'asseoir mais s'en tient là. Il enchaîne les "accidents", mouillant avec constance ses pantalons, et attend la nuit, où on lui remet la couche, pour le reste. Les semaines se transforment en mois sans qu'on note d'évolution, au grand découragement des uns et des autres – amener au petit coin quinze fois dans la journée un bambin de plus en plus récalcitrant n'est pas une sinécure, surtout quand c'est en vain. À la fin, Paul en a lui-même tellement assez qu'il en vient à mordre ses malheureuses accompagnatrices. Le protocole est aussitôt interrompu pour éviter que les toilettes ne deviennent un objet d'aversion – Paul doit les apprécier ou du moins les tolérer pour que la procédure fonctionne – et il recommence donc à porter sa couche en journée sans que personne ne l'embête plus, ce qui le satisfait pleinement.

Adrien et moi nourrissons un autre sujet d'alarme que cet échec rend plus préoccupant encore : de manière générale, Paul stagne dans ses apprentissages. On nous a avertis à maintes reprises que les enfants progressaient par paliers et qu'il ne fallait pas nous décourager si nous avions l'impression que notre fils faisait du sur-place : après un temps, il franchirait l'obstacle et avancerait vers une nouvelle phase de son développement. "Chaque enfant a son rythme", nous a-t-on dit et répété. Mais Paul n'est pas seulement lent à acquérir de nouvelles compétences ; il les perd si elles ne sont pas pratiquées de façon quotidienne. Le pointage, le contact visuel, l'obéissance à certaines consignes, tout ce qu'on lui a enseigné et continue de lui enseigner avec patience s'érode si l'on n'y prend pas garde. Chez lui, un savoir chasse l'autre et il faut batailler pour lui éviter de reculer, sans toujours pouvoir l'en empêcher.

Tout n'est pas noir, mais rien n'est rose. À force de retravail, Paul récupère par exemple l'aptitude à faire des bisous, infiniment précieuse à mes yeux, moi qui songe souvent que si je n'avais pas les sourires de petit Polo, sa main qui prend la mienne et ces baisers qu'il dépose sur ma joue – sur demande, certes, mais c'est mille fois mieux que pas de baisers du tout –, la vie avec lui, déjà si dure, serait tout bonnement invivable. Seulement, *tout* ce que récupère

Paul doit être maintenu, et c'est autant de temps en moins pour de nouveaux pas en avant… Certes, il fait moins de crises et ne se frappe plus que rarement la tête contre sa chaise ou ailleurs. Mais cela ne l'empêche pas de repeindre les murs de l'appartement à grands jets de compote ou d'huile d'olive pour peu qu'il se soit levé avant nous le matin. Il arrive à manier le PECS – et même le PECS électronique, la tablette ayant avantageusement remplacé le classeur à scratchs et les images plastifiées qu'on ne cessait de perdre et qu'il fallait inlassablement refaire – mais le nombre de ses pictos reste extrêmement limité et il est incapable de formuler la moindre phrase avec. Il est resté bloqué à cette étape du processus, tandis que les cris inarticulés ont pris le pas sur les deux trois mots esquissés avec l'orthophoniste à une époque qui paraît désormais relever de la Préhistoire.

Gwenaëlle et les autres professionnels sont impuissants à expliquer et à enrayer cette chute dans l'acquisition des compétences. Ils ont cru, un temps, que le petit avait beaucoup perdu du fait des grandes vacances – ce qui est courant, et somme toute logique – et que le phénomène serait passager. Ils se trompaient : il y a autre chose, une chose sur laquelle personne ne peut ou ne veut mettre de mot, et ni l'insondable tristesse, ni la fureur rentrée qui nous saisissent tour à tour, Adrien et moi – une fureur qui donne envie de brûler tout ce qui vous entoure jusqu'aux fondations –, n'y changeront rien. On ignore pourquoi la machine s'est grippée comme on ignore ce que Paul pense, ce que Paul ressent, ce que Paul comprend. Comme on ignore s'il parlera un jour et s'il aura l'autonomie suffisante pour vivre hors d'un milieu protégé. La seule chose certaine, c'est qu'au bout de deux ans en classe Soleil, il n'a pas les prérequis pour rejoindre un cursus ordinaire.

Petit Paul n'est pas un Alexandre – le petit garçon que sa mère comparait à un "animal sauvage" quand il avait trois ans, qui a graduellement rattrapé son retard et vient d'obtenir son brevet avec mention – et encore moins un Arthur –, qui s'était si bien intégré qu'il avait perdu son diagnostic à l'école primaire. Lors d'une réunion qui rassemble la maîtresse, la directrice de l'école et une représentante du rectorat, on propose d'orienter en IME cet enfant qui, malgré les efforts et la bonne volonté des uns et des autres, ne parvient pas à entrer dans les apprentissages préscolaires. Au vu de son profil – ce même profil qui peu de temps auparavant en faisait un candidat parfait pour la classe Soleil –, un institut médico-éducatif est plus adapté. Adrien garde le silence et moi qui m'attendais à cette issue n'en ai pas moins du mal à retenir mes larmes : ce n'est pas parce que l'on sait que la hache va tomber qu'elle fait moins mal en tombant.

Nous nous lançons aussitôt dans de nouvelles recherches, car les listes d'attente et les délais imposent de se presser. Nous qui pensions avoir fait le plus dur commençons à comprendre qu'il n'y aura jamais de repos ; avoir la charge d'un enfant comme Paul, c'est affronter encore et encore des obstacles administratifs, médicaux et financiers, physiques et psychologiques. Sur les deux établissements parisiens qui pratiquent le comportementalisme et que la présidente de l'association nous recommande, un seul est susceptible d'accueillir Paul, pour des raisons qui tiennent principalement à son âge. Adrien et moi faisons le siège et obtenons une entrevue avec le directeur qui ne tarde pas à virer à l'entretien d'embauche. Nous n'en sommes guère surpris, pour l'avoir déjà vécu lorsque nous avons dû gagner notre place parmi la quinzaine de familles dont s'occupait l'association. Il y avait un autre enfant en balance avec Paul, à l'époque, et les responsables avaient rencontré les deux couples de parents, pesé leurs options, et fait leur choix. Je n'ai jamais su ce qu'était devenu l'autre enfant. Trop heureuse que mon fils ait été élu, je n'avais même pas pris la peine de demander.

Dans un pays où les soins apportés aux personnes avec autisme ont plusieurs décennies de retard, où le personnel correctement formé est aussi rare que la pluie dans un désert de sel, les places sont chères. Le directeur veut éviter les parents qui défont sans le vouloir le travail des psychologues parce qu'ils ne comprennent pas les principes guidant les procédures – ou bien sont trop épuisés et dépassés pour tenter de les comprendre – et agissent à l'opposé de ce qu'il faudrait. Il veut aussi et surtout éviter ceux qui ne s'y connaissent pas davantage mais sont persuadés que cet ABA dont on leur a rebattu les oreilles est une sorte de panacée qui va guérir leur enfant de ses troubles et le rendre "normal". Quand ils constatent que la maladie n'a pas disparu comme par magie, ils se montrent bien souvent agressifs vis-à-vis des thérapeutes et rendent tout dialogue impossible.

Si l'approche éducative peut donner des résultats spectaculaires, si des enfants sont effectivement sortis de l'IME – ou de la classe Soleil – pour rejoindre leurs camarades "neurotypiques" dans les salles et les cours de récré des établissements ordinaires, la réalité statistique selon laquelle la moitié des enfants avec TSA ne parleront pas demeure. Tous tirent profit d'un programme individualisé, mais leur évolution dépend, à la fin, de leur niveau ou, si l'on préfère, de leur capacité à progresser. Parfois les circuits neuronaux se reconnectent, et parfois non – ou bien insuffisamment, sans qu'on sache pourquoi. Les spécialistes les plus chevronnés avouent être incapables de prévoir la trajectoire de leurs patients. Des années et des années de pratique leur ont seulement démontré qu'il était impossible d'anticiper : tel bambin parti de très bas montera très haut, un autre dont le handicap paraissait à première vue moins sévère se révèle atteint en profondeur, un autre encore, qui pendant des années n'a rien laissé voir, brisera soudain le mur qui l'isolait du monde pour révéler une intelligence et parfois des talents insoupçonnés…

Il est trop tôt pour savoir ce qu'il en sera pour Paul : c'est ce qu'on nous a beaucoup dit, à moi et à Adrien, et que nous continuons à nous répéter malgré le temps qui passe. L'espoir est lent à s'éteindre, dont on ne sait plus très bien s'il est une vertu ou un poison, une substance qui court dans vos veines et vous donne la force de continuer, vous maintient debout mais pourrait bien vous tuer, comme une drogue à laquelle on revient chaque fois qu'un prétexte se présente… Adrien et moi avons oublié que le changement d'établissement de notre fils était dû à son absence d'évolution et voulons croire en cette nouvelle équipe, compétente et à l'écoute, que l'adorable frimousse du petit a conquise, et qui est toute prête à reprendre le flambeau.

On décide ainsi de remettre en route la procédure de propreté abandonnée. Ayant analysé les données fournies par la dernière tentative et pris conseil auprès d'autres collègues, la psychologue BCBA – celle qui supervise la psychologue qui supervise elle-même toutes les intervenantes prenant en charge Paul – émet l'hypothèse qu'il est peut-être trop difficile pour Paul d'uriner sans couche pour des raisons sensorielles, et qu'il a besoin de s'y habituer progressivement. Une étape est donc ajoutée dans le protocole : plutôt que d'ôter complètement la couche, on va l'enlever mais la remettre chaque fois qu'on amènera Paul aux WC. On prévoit ainsi de le récompenser par un crocodile chaque fois qu'il fera pipi assis sur le trône *avec* la couche. Puis on percera un trou dans la couche, qui sera agrandi au fur et à mesure des réussites, jusqu'à ce qu'il ne reste plus que la ceinture, puis plus rien.

J'accueille d'abord sans enthousiasme cette annonce, lassée par tout le temps déjà consacré en vain à cette affaire. Mais je n'ai aucune proposition alternative et accepte donc, quoique à contrecœur, d'appliquer cette procédure allongée d'une étape. Il s'avérera que Paul avait bel et bien besoin d'une transition et que la BCBA avait touché juste. Le processus prendra plusieurs mois et Adrien et moi nous demanderons à maintes reprises ce que nous fabriquons avec nos paires de ciseaux et nos couches percées que le petit s'amuse à déchirer et effilocher, semant derrière lui des perles et des mèches de coton blanc qu'on retrouve dans tout l'appartement. Reste que Paul parvient à faire pipi *avec* la couche, puis avec la couche trouée, puis sans couche du tout. Il y a comme toujours des hauts et des bas, des accidents et des régressions, mais à la fin, il va aux toilettes chaque fois qu'il a envie d'uriner ou de faire ses besoins. Un succès qui nous soulage très concrètement – plus besoin de changer Paul *x* fois par jour en soupirant – et rallume une flamme vacillante. Si notre fils a appris, c'est donc qu'il peut apprendre. Qu'il s'agit juste de lui aménager une voie d'accès spécifique, adaptée à ses particularités…

Il n'en faut pas plus pour remettre le doigt dans l'engrenage d'interrogations, d'expectatives et de déceptions que nous expérimentons depuis déjà trois ans. L'espoir étant décidément long à s'éteindre, Adrien et moi subissons encore bien des échecs avant de convenir que nous tournons en rond. Ce n'est pas que Paul ne peut pas apprendre. Seulement, chacun de ses apprentissages est lourd et lent ; son hyperactivité et son âge mental et développemental circonscrivent considérablement ses possibilités. Le petit Alexandre qui paraissait si gravement atteint à trois ans, beaucoup plus que Paul, continue désormais de grandir en termes d'intelligence, de raisonnement et de réflexion ; son handicap restera essentiellement social. Béranger, un autre enfant de l'association qui a lui aussi été "désensauvagé" grâce au comportementalisme, accédant aux mots et à une scolarité en ULIS – des classes accueillant des enfants souffrant de handicaps divers – est resté bloqué à un âge équivalent au CM1, ce qui n'est pas si mal : il sait lire, écrire et compter, et dispose d'un minimum de bon sens et d'autonomie… C'est en tout cas beaucoup moins problématique que pour Paul, qui possède pour sa part la communication, la mémoire et la concentration d'un enfant de dix-huit mois et devra être surveillé et protégé toute son existence.

La propreté sera malheureusement l'une des seules victoires remportées sur la maladie en deux ans d'IME – le même laps de temps qu'en classe Soleil –, qui voit l'équipe dresser un constat finalement très voisin de celui de Saint-Louis-de-Gonzague : "La vitesse d'apprentissage de nouvelles compétences est lente ; au regard de l'âge de Paul, il est pertinent d'orienter les objectifs de travail vers des apprentissages plus fonctionnels", conclut sobrement le projet d'accompagnement individualisé. Il n'est plus question d'apprendre à Paul à "imiter des voyelles, des syllabes et des sons" ou à "nommer des personnes familières et des activités et événements inscrits sur son planning", comme c'était le cas à son entrée. Les objectifs ont effectivement été réduits au "fonctionnel" : tendre un picto Aide pour demander de l'aide, indiquer qu'il a envie d'aller aux toilettes, s'occuper quelques minutes sans solliciter l'adulte, manger proprement, s'habiller et se déshabiller seul, se laver le corps, les mains et les dents, ne pas courir dans la rue, s'arrêter devant le passage piéton… Des compétences indispensables non à la vie pleine et entière que chacun est en droit d'attendre, mais à une existence minimale, sans autre ambition que de ne pas déranger, poser le moins de problèmes possible, être docile, tranquille, et profiter des rares plaisirs à sa portée.

Rangeant le bilan remis par l'IME, je m'assieds un instant à mon bureau, regardant sans le voir le ciel derrière la fenêtre, semé de nuages sur un fond azuré, pareil au papier peint d'une chambre de bébé. Je songe à l'article lu quelques années plus tôt sur ces enfants qui avaient "vaincu" l'autisme. Lena, je m'en souviens, avait témoigné de son bonheur devant les progrès spectaculaires de Mark, mais aussi de son sentiment de culpabilité : alors que le fils de son amie Jackie, Matthew, avait reçu exactement le même traitement, que sa mère avait engagé les mêmes thérapeutes et suivi les mêmes recommandations, s'astreignant au même type de méthodes et se pliant aux mêmes contraintes, il n'était jamais parvenu à parler et était resté indifférent aux autres enfants comme à la plupart des jouets et activités qu'on lui proposait. Il criait pour exprimer sa joie, vomissait en signe de protestation et c'était à peu près tout. Il était resté enfermé dans son monde en dépit de toutes les tentatives pour l'en extraire.

Contrairement à Mark, il n'était pas allé à l'école, n'avait eu droit ni à un diplôme universitaire, ni à des études à l'étranger, encore moins à des amis et une petite amie. Désormais âgé de vingt-quatre ans, il vivait dans un foyer situé près d'une ferme équestre, où il suivait une routine impavide : tous les jours, il brossait les queues des chevaux, nageait dans une piscine intérieure avec des piaillements de plaisir et regardait des films Disney en marmonnant de façon incompréhensible – "papa" et "maman" étaient les seuls mots qu'il prononçait clairement. Quand ses parents lui rendaient visite le week-end, il lui arrivait de devenir nerveux. C'était généralement le signe qu'il voulait quelque chose qu'il n'avait pas à disposition. Sa mère lui tendait alors son portable et il y tapait un mot : "Manger", "Frites", "Brownie" ou "Ketchup", comme on le lui avait appris très longtemps auparavant. Il était incapable de faire aucune phrase, de la même façon qu'il était incapable de demander le smartphone, de le pointer ou même de mimer l'action d'écrire sur un clavier, et en dehors de ces moments avec ses parents, il était systématiquement accompagné par un membre du personnel du foyer qui veillait sur lui. Il n'avait aucune notion du danger et ne pouvait se faire comprendre de personne en dehors de ceux qui s'occupaient de lui : sa dépendance était totale.

Obnubilée par Lena et Mark, j'avais occulté cette partie de l'article. Je voulais tellement que Paul s'en sorte comme Mark s'en était sorti, je me projetais tellement dans cette mère digne et déterminée qui avait vu ses immenses efforts couronnés d'un succès qui l'était tout autant, que je n'avais pas envisagé un seul instant que je serais l'autre. L'amie pareillement digne et courageuse dont les efforts avaient été tout aussi immenses, mais qui avait échoué à briser ce qui séparait son enfant des autres – celle qui avait fait tout ce qu'elle pouvait, tout ce qu'il fallait, mais n'en serait jamais récompensée.

TEMPLE

À ses vies d'ingénieure, de consultante et d'enseignante, Temple a ajouté celle de conférencière. Elle ne se contente pas, dans le prolongement de son travail et de ses convictions, d'instruire les professionnels sur la nécessité d'user d'équipements adaptés pour offrir aux bêtes une vie décente et une mort respectueuse (et accessoirement, permettre à toute l'industrie de gagner plus de temps et d'argent). Elle parle aussi pour d'autres qui n'ont pas davantage la possibilité de s'exprimer que ces vaches qu'on pousse et parque sans leur reconnaître aucun droit à part celui d'attendre la mort : pour ceux qui comme elle sont "sur le spectre", mais n'ont pas toujours les mots pour se dire.

Proposition lui en a été faite un jour où elle était venue assister, accompagnée d'Eustacia, à une assemblée de la National Society for Autistic Children, qui deviendrait par la suite l'Autism Society of America. La présidente, Ruth Sullivan, elle-même mère d'un enfant autiste, est à l'origine de l'adoption en 1975 d'une loi obligeant les écoles publiques américaines à offrir aux enfants handicapés le même accès à l'éducation qu'aux autres (auparavant, les districts pouvaient refuser l'admission à l'école d'un enfant handicapé et ne s'en privaient pas). Quand elle voit cette grande jeune femme qui écoute les uns et les autres en se tenant un peu à l'écart, elle ne saisit pas d'emblée qu'elle est autiste. Après avoir échangé quelques mots avec elle, elle est plus qu'impressionnée par son parcours et l'engage à prendre la parole lors d'une prochaine réunion.

Bien que ne maîtrisant aucun des codes de l'exercice, avec son incapacité à regarder les gens en face, ses épaules voûtées et son discours qui jaillit par à-coups, Temple accepte. Face à un public de parents désorientés par les comportements de leur enfant et désespérés par leur incapacité à communiquer avec lui, elle s'emploie à rendre compréhensibles les particularités de l'autisme en s'appuyant sur son expérience personnelle. Elle dépeint les difficultés sensorielles qu'elle a affrontées et continue d'affronter, elle qui reste forcée de n'employer que des savons et shampoings sans parfum et dont la plupart des tissus irritent si fort la peau qu'il lui faut laver et relaver maintes fois ses sous-vêtements neufs si elle veut pouvoir en tolérer le contact.

Elle explique que le sèche-cheveux de sa camarade de chambre à l'université faisait pour elle le même bruit qu'un avion à réaction au décollage et que les phénomènes d'échos dans une salle de bains la rendent folle ; que son ouïe est incapable de trier et filtrer les sons, si bien qu'il lui est impossible de se concentrer sur une voix quand deux personnes ou plus parlent en même temps, comme il lui est impossible de suivre une conversation dans une salle bruyante. Elle insiste sur le fait que les atteintes neuro-sensorielles peuvent entraîner chez les autistes des réactions violentes, liées à la souffrance aiguë qu'ils ressentent et n'ont pas d'autre moyen d'exprimer quand ils n'ont pas de langage.

Elle dit combien les tournoiements et balancements l'aidaient autrefois à se calmer. Décrit le réconfort qu'elle trouvait à se réfugier sous les coussins du canapé et raconte qu'elle a cherché à retrouver ce bien-être en créant sa machine à serrer, qui lui permet de compenser le manque dû à l'impossibilité pour elle d'être étreinte. Elle souligne l'utilité des fixations qui peuvent pousser un autiste à avancer. La machine en a été une mais il y en a eu d'autres. Si son engouement pour les élections du gouverneur avait des racines sensorielles – elle prenait plaisir à se promener avec les affiches sur elle à la façon d'un homme-sandwich –, il était devenu un intérêt véritable, qu'il aurait tout à fait été possible de réorienter pour lui enseigner les mathématiques via le décompte des votes, par exemple.

Donnant une conférence, puis deux, puis dix, puis cent aux quatre coins du pays, Temple offre ainsi des réponses à des milliers de parents à une période d'errance et de désarroi face à une maladie dont les arcanes semblent impénétrables : les larmes aux yeux, ils comprennent enfin pourquoi leur fils ou leur fille aiment tant à tourner sur eux-mêmes, ne croisent jamais leur regard, couvrent leurs oreilles ou leur nez avec leurs mains lorsqu'ils sont au restaurant, se jettent par terre lorsqu'ils vont dans un parc qu'ils ne connaissent pas.

Bientôt, Temple ne se contente plus de parler. Sollicitée par un éditeur dont sa trajectoire hors normes – dans tous les sens du terme – a piqué l'intérêt, elle se lance dans l'écriture et publie en 1986 *Ma vie d'autiste*, où elle retrace le chemin qui, un pas après l'autre, lui a permis de trouver sa place dans le monde. Elle évoque les épreuves d'une enfance incroyablement chaotique, à laquelle elle n'a "survécu" qu'à grand-peine, "pas toujours avec grâce" et uniquement parce qu'elle était "volontaire". Elle révèle comment elle a accédé, non sans difficulté, au langage, comment sa mère l'a poussée, avec autant de bienveillance que de courage, à aller toujours plus loin, comment elle s'est adaptée, au prix d'immenses efforts, aux normes d'une vie en société, comment en dépit des moqueries elle a réussi à aller à l'école puis, grâce à un mentor qui a cru en elle, à l'université, comment elle s'est imposée et comment elle a imposé ses idées dans un milieu qui la regardait de haut, plus hostile encore à son sexe qu'à son handicap. Elle raconte comment une petite fille dont les médecins recommandaient le placement dans un établissement spécialisé est devenue une ingénieure et biologiste reconnue, et une sommité de la zootechnie qui donne des conférences dans toute l'Amérique et au-delà, tant sur les TSA que sur le bien-être animal – l'un étant l'envers de l'autre (et réciproquement), chez Temple.

L'ouvrage est sans précédent. Il révolutionne la vision qu'on a des autistes, que l'on pensait jusqu'alors incapables de se comprendre comme de comprendre les autres, et donc incapables d'introspection et de rétrospection. Pour la plupart des spécialistes, ils ne possédaient aucune intériorité – aucune qui fût intelligible à d'autres, en tout cas. Et voilà que la voix de Temple se fait entendre, qui prend la parole depuis cette terre lointaine, absolument étrangère, que l'on disait inaccessible… Elle intervient au bon moment : une poignée d'années plus tôt, les recherches de Hans Asperger ont été traduites, qui aura attendu quarante ans avant que ne soient diffusés en anglais – et donc pris en compte – ses travaux sur les formes d'autisme sans retard mental. Il avait en effet identifié une catégorie d'enfants souffrant de difficultés sociales ("manque d'empathie", "faible capacité à se faire des amis") qui montraient dans le même temps une intelligence singulière. Le psychiatre les surnommait ses "petits professeurs" du fait de leur capacité à disserter indéfiniment sur leur sujet favori…

En couchant son histoire sur le papier, Temple rend à tous ceux et celles souffrant de TSA une humanité qui leur était déniée – ils étaient le plus souvent réduits à des idiots ou des robots : soit des cas désespérés et terrifiants par leur anormalité, soit des êtres aux aptitudes prodigieuses mais bizarres, à la limite du phénomène de foire. Son témoignage "de l'intérieur" bouleverse la conception et la définition de la maladie, considérablement élargie, et démontre avec éclat qu'elle n'est en rien la "folledingue" que les autres considéraient avec mépris, mais quelqu'un qui a une perception et une élaboration du monde à nulle autre pareille, une façon de réfléchir et d'imaginer, qui pour être profondément singulières, n'en ont pas moins de valeur que celles de ses semblables neurotypiques. Elle est tout aussi humaine qu'eux, que nous, mais autrement.

Au témoignage de l'intérieur s'ajoute bientôt un témoignage de l'extérieur qui étaye ce point de vue tout en faisant connaître Temple du grand public. Neurologue passé maître dans l'art de la vulgarisation, Oliver Sacks, que ses "contes cliniques" ont rendu célèbre – on lui doit des ouvrages comme

L'Éveil, adapté au cinéma avec Robert De Niro et Robin Williams, ou encore *L'Homme qui prenait sa femme pour un chapeau* qui comprend vingt-quatre études de cas plus fascinantes les unes que les autres –, consacre à Temple un article de plusieurs dizaines de pages publié dans le *New Yorker*, puis dans le recueil *Un anthropologue sur Mars*. Déroulant les "histoires paradoxales" de sept personnes atteintes de graves troubles neurologiques qui leur ont dans le même temps offert des possibilités auxquelles l'expérience commune ne permet pas d'accéder, il conclut son ouvrage sur sa rencontre avec une femme autiste de haut niveau, ingénieure et professeure d'université aussi habile à décrypter le comportement animal, dont elle s'est fait une spécialité, qu'incapable d'appréhender les interactions humaines, pour elle si difficiles à déchiffrer, qu'elle se sent, la plupart du temps, comme "un anthropologue sur Mars"...

Tout en revenant sur la trajectoire de Temple, il note avec beaucoup de précision les décalages dans ses attitudes, ses mots, sa façon d'être quand elle le reçoit à l'université du Colorado, puis chez elle – tout ce qui la met à part. Elle lève la main trop haut au moment de le saluer, a une démarche étrangement lourde et déséquilibrée tandis qu'elle le conduit à son bureau, néglige de discuter de la pluie et du beau temps comme le voudrait l'usage. Sans lui demander ni s'il a fait bon voyage, ni si le Colorado lui plaît, elle entre aussitôt dans le vif du sujet, exposant immédiatement – puisqu'il est là pour l'observer – comment son intérêt pour la psychologie animale, lié au ressenti sensoriel qu'elle partage avec les bêtes du fait de son autisme, et articulé à "l'orientation technicienne" de son esprit, l'a menée à la conception de systèmes variés pour l'industrie d'élevage. Elle ne lui propose pas non plus à boire – c'est lui qui doit demander un café, qu'elle lui servira sans penser à s'excuser de ne pas l'avoir fait plus tôt.

Lors d'une conversation sur les mythes grecs, elle lui confie comprendre certains d'entre eux, comme Icare et l'hybris, ou encore Némésis, mais demeurer indifférente aux amours des dieux. Les motivations de Roméo et Juliette lui échappent pareillement : elle comprend les émotions "simples, fortes, universelles" tandis que d'autres plus complexes la déconcertent, tel l'amour mêlé de jalousie ou les affres de la passion, si bien qu'il lui est impossible de s'identifier à ces amants maudits. Elle n'a d'ailleurs pas de vie sexuelle et n'a jamais eu de compagnon ou de petit ami – une relation amoureuse impliquerait trop d'incertitudes et de questionnements sur ce qui est dit, demandé, sous-entendu, présupposé ou attendu, trop de complications et de potentielles erreurs d'interprétation.

Pour se simplifier l'existence au maximum et compenser ses lacunes, Temple explique s'être constitué au fil du temps un vaste catalogue de comportements et de situations lui permettant d'inférer intellectuellement les conduites à adopter et les propos à tenir en fonction des circonstances. La lecture de journaux comme le *Wall Street Journal* – notamment les pages sur les affaires étrangères et la diplomatie, des plus instructives – a complété le savoir sur les us et coutumes de l'espèce humaine accumulé, une observation après l'autre, dans sa vidéothèque personnelle, qu'elle consulte régulièrement pour pouvoir se guider dans le labyrinthe des rapports sociaux.

S'appuyant sur cette "bible" très personnelle de la psychologie humaine, elle procède par déduction et corrélation. Un jour, elle a ainsi remarqué que des machines qu'elle avait conçues pour une exploitation agricole tombaient en panne chaque fois qu'un employé, un certain John, était présent sur les lieux. Voyant le phénomène se répéter, elle en a conclu que ledit John sabotait les machines chaque fois qu'il le pouvait et a déterminé sa motivation : la jalousie. Mais elle a été forcée de passer par un raisonnement faute de pouvoir lire ladite jalousie sur son visage ou dans son attitude, de même qu'elle ne peut deviner la fausseté, l'hypocrisie, la cupidité. Ce n'est qu'à force d'expériences – archivées avec soin dans sa bibliothèque mentale – qu'elle s'est progressivement initiée aux usages parfois très bas du monde tel qu'il va, apprenant cognitivement et non pas intuitivement à éviter les exploiteurs, les menteurs et autres escrocs pour qui elle a d'abord été une proie de choix…

La logique pallie pour partie la cécité émotionnelle de Temple mais ne remplace évidemment pas l'émotion en tant que telle. Ce n'est pas qu'elle n'a pas de sentiments, mais elle ne ressent guère plus que de l'indifférence pour la musique (alors qu'elle possède l'oreille absolue) ou les paysages grandioses des montagnes Rocheuses – depuis plusieurs années qu'elle vit dans le Colorado, elle n'est jamais allée les admirer que deux ou trois fois. Tandis qu'elle y emmène en excursion Oliver Sacks, ce dernier, jumelles sur le nez, s'extasie sur les beautés de la nature environnante, les falaises surplombant des gorges verdoyantes, les cimes enneigées qui se découpent sur l'horizon, la merveilleuse diversité des arbres, mousses et fougères qui s'offrent à sa vue.

Son interlocutrice, pour sa part, demeure de marbre – si elle peut dénommer chacune des espèces végétale et animale et chacune des formations géologiques qu'ils croisent, ils ne lui évoquent rien de particulier. Tout juste jugera-t-elle "jolis" une symphonie, un soleil couchant, une nuit étoilée : les plaisirs qu'en retire le médecin fabuliste la laissent perplexe – et un peu triste. Et bien qu'elle soit profondément attachée à sa mère et à monsieur Carlock, et qu'elle éprouve pour les animaux tendresse et empathie, elle ne s'est jamais pâmée d'amour pour qui que ce soit. Elle conçoit que l'on puisse se passionner pour ses activités professionnelles, mais pas pour un autre être humain.

Son travail est véritablement "toute sa vie", comme elle l'affirme à maintes reprises et comme le symbolise sa maison située à deux pas du campus : au rez-de-chaussée, l'espace de réception, d'évidence peu utilisé, est décoré d'une gravure sépia représentant la ferme de son grand-père Grandin dans le Dakota du Nord – Temple pense tenir de lui son inclination pour le bétail et le monde fermier, et de son autre grand-père, le co-inventeur du pilotage automatique, son tempérament d'ingénieure, son goût des sciences et sa faculté à trouver des solutions inédites. À l'étage, au contraire, son bureau est beaucoup plus habité, qui déborde de livres, et Oliver Sacks remarque aussitôt des dizaines et des dizaines de badges portant son prénom et témoignant de sa participation à autant de colloques, qui ont été épinglés sur une peau de vache accrochée au mur. Un insigne de l'Institut américain de la viande y côtoie un autre de l'Association des psychiatres américains – une juxtaposition qui dit parfaitement combien ces deux champs s'avèrent dans le cas de Temple "intimement fusionnés".

Or précisément, le paradoxe tient à ce que l'autisme qui l'a desservie à tant d'égards lui a professionnellement beaucoup apporté. Elle ne renoncerait pour rien au monde, ainsi, à cette "pensée en images" qui lui permet de voir ce qui échappe à tant d'autres et d'exceller dans son domaine. Ses centres d'intérêt, son métier, son expertise, découlent de sa maladie ; elle s'est construite avec autant que malgré elle. Au point que si elle pouvait, d'un claquement de doigts, cesser d'être autiste, elle ne le ferait pas, comme elle l'affirmera lors d'une conférence. Parce qu'elle cesserait alors d'être elle-même. Son autisme fait partie intégrante de son identité. Il est ce qui lui a permis de fonder sa propre entreprise et de devenir une référence aux yeux de nombre de firmes internationales. C'est grâce à lui qu'elle s'est vue reconnue, respectée, recherchée par ce monde "neurotypique" qui la rejetait de ce même fait enfant et adolescente.

Il a été son fardeau mais aussi sa grâce, révélant un talent qui a donné une direction à son existence et un sens à sa vie. Après des années de lutte, Temple s'est trouvée, convenant de ses faiblesses mais également de ses forces, prenant conscience de sa valeur et de ses atouts, qui doivent autant à son caractère, son courage, sa franchise, qu'à ces atteintes neurologiques dont elle a su faire un moteur et même une chance. Elle n'est pas "attardée", mais différente. *"Different, not less"* : très vite, ces trois petits mots deviennent un slogan et un mantra pour des milliers d'êtres humains qui n'étaient pas toujours considérés comme tels jusqu'alors, et dont Temple devient l'ambassadrice.

PAUL

Que n'avons-nous pas essayé depuis le diagnostic de Paul, en complément du comportementalisme ? Il y a eu les prescriptions classiques des pédopsychiatres – le Risperdal pour détendre le petit, la Ritaline pour réduire son hyperactivité et lui permettre de se concentrer… – qui n'ont rien donné ou alors ont empiré les choses. Il y a eu celles, moins conventionnelles, d'un médecin conseillé par des parents de l'association qui avaient vu leur enfant progresser après avoir suivi l'un ou l'autre des traitements qu'il proposait – cure d'antibiotiques, régime sans caséine et sans gluten (au cas où Paul aurait un terrain allergique), ou encore prise de bumétanide, un diurétique dont les effets étaient alors en cours d'évaluation dans plusieurs essais cliniques car il corrigeait un déséquilibre chimique dans le cerveau… Seulement, le comportement de Paul n'a pas bougé d'un iota.

J'ai également "testé" tous les compléments alimentaires et supplémentations qui, si l'on en croyait les études que j'avais passées en revue avec méthode, avaient amélioré la communication et les interactions sociales chez des enfants et adultes avec TSA. Mon fils a pris des vitamines B6 et du magnésium, des omégas 3 pour le cerveau, des probiotiques pour son système digestif capricieux – trait commun à beaucoup d'autistes –, du sulforaphane qui contribue à la régénérescence des cellules, de la diméthylglycine qui renforce le système immunitaire, et même de l'huile de CBD dans l'espoir de calmer sa constante nervosité et lui permettre de dormir mieux et plus. Trouver comment administrer tous ces produits à un enfant qui ne parvient pas à avaler de gélules ou de comprimés et refuse les préparations dont il juge le goût suspect a demandé une inventivité considérable.

J'ai ainsi commandé aux États-Unis de la DMG (diméthylglycine) liquide aromatisée aux fruits rouges et déniché sur un site spécialisé une huile riche en omégas 3 parfumée aux agrumes et à la stévia qu'on pouvait mélanger à un yaourt aux fruits. Pour le sulforaphane, qui n'était disponible qu'en gélules trop grosses pour le petit, Adrien et moi nous sommes carrément astreints à ouvrir ces dernières afin d'en répartir le contenu dans des minigélules vides achetées sur internet, et que nous avons réussi à dissimuler dans des cuillerées de crème dessert... Toutes ces complications, tout ce temps, tous ces efforts, pour un résultat comparable à celui rencontré par les prescriptions des pédopsys comme du faiseur de miracles dont on nous avait soufflé le nom : c'est-à-dire zéro.

Il n'est rien que nous n'ayons essayé, et Petit Paul a désormais six ans. Il a atteint l'âge couperet après lequel un enfant avec autisme qui ne parle pas n'a statistiquement presque plus aucune chance d'y parvenir. Il y a des exceptions, bien entendu, il y en a toujours... Le comédien Hugo Horiot, par exemple, qui a inspiré à sa mère Françoise Lefèvre le livre *Le Petit Prince cannibale* et est lui-même l'auteur de textes autobiographiques comme *L'Empereur, c'est moi*, n'a pas parlé avant. Seulement, sa mère avait deviné, grâce à une frise alphabétique qui ornait le mur de sa chambre, qu'il maîtrisait les lettres. Puis elle l'avait piégé quelques fois, en le laissant par exemple seul dans une pièce avec un téléphone qu'elle avait fait sonner et auquel il était allé répondre, articulant un "Allô" impeccable – exactement comme Miss Reynolds l'avait fait avec Temple… "Mutisme sélectif", avait formulé à son propos une psychologue dont j'avais suivi la formation : le petit Hugo savait parler mais il avait *choisi* de ne pas le faire, ce qui n'était pas le cas de Paul.

Diplômé de Sciences Po Paris et docteur en philosophie maîtrisant une dizaine de langues (dont le tchèque, le français, l'anglais, l'allemand mais aussi l'hébreu et le persan), Josef Schovanec a écrit plusieurs récits et essais, dont une autobiographie, *Je suis à l'Est !*, qui décrit avec un humour coruscant son enfance et son adolescence solitaires, les persécutions dont il fut victime et ses pérégrinations chez les "psys" (psychiatres et psychanalystes) pour résoudre ses difficultés sociales. Décrété schizophrène, convaincu d'être fou, il est assommé pendant plusieurs années de neuroleptiques et délesté de coquettes sommes au fil de séances ne menant nulle part, avant d'être diagnostiqué Asperger sur le tard. Débarrassé de ses prescriptions et de ses cures analytiques, il se porte infiniment mieux, sans parvenir à trouver un emploi, les préjugés contre l'autisme et la rigidité des entreprises étant manifestement plus puissants que tous ses diplômes accumulés…

Heureusement, après le succès de *Je suis à l'Est !*, ce grand voyageur, dont on ne s'étonnera pas qu'il se sente bien plus à l'aise à l'étranger que dans son pays, publie d'autres livres qui continuent d'explorer cette mystérieuse contrée qu'il nomme l'Autistan, tient des chroniques à la radio et se voit chargé de missions sur le handicap. Lui à qui les médecins avaient prédit, comme à Hugo Horiot, une vie en hôpital psychiatrique, n'a pas non plus parlé avant six ans – tout en ayant su lire dès trois. "Retard lié à un défaut de prise en charge", avait supposé la psychologue. Mais ce n'était pas le cas de Paul, qui en avait bénéficié dès l'âge de deux ans et n'avait jamais su lire à trois…

Il existe aussi des autistes officiellement sévères, non verbaux, qui demeurent muets mais trouvent le moyen de se frayer une voie vers leurs semblables, révélant soudain leur intelligence et leur personnalité alors que rien dans leur apparence et leurs réactions ne laissait deviner qu'ils vous comprenaient ou vous prêtaient attention. J'ai lu par exemple l'histoire d'une jeune Canadienne présentant la particularité d'avoir une sœur jumelle neurotypique. Outre-Atlantique, les approches psychanalytiques avaient été discréditées depuis belle lurette et elle avait donc suivi un programme comportemental sitôt diagnostiquée. Pendant plus de dix ans, cela n'avait pas paru changer grand-chose, mais les éducateurs avaient continué à venir, faute de mieux.

Et puis un jour, ressentant une douleur aiguë, l'adolescente s'était jetée sur l'ordinateur d'un des intervenants posé sur la table de la cuisine pour y taper "HELP", avant de s'évanouir. À son réveil, la douleur était passée mais non la stupéfaction des psychologues, qui décidèrent de changer totalement de stratégie à présent qu'il leur avait été spectaculairement dévoilé que leur patiente pouvait s'exprimer par ce moyen. Bientôt, la jeune fille put utiliser le clavier pour communiquer et se mit à tenir un blog. Les parents en restèrent émerveillés, tout en se rendant compte avec effroi qu'il leur était arrivé de parler de leur fille alors qu'elle se trouvait dans la pièce, convaincus comme ils l'étaient qu'elle ne saisissait rien à leurs propos…

Un jeune Japonais, Naoki Higashida, avait procédé de façon voisine. Grâce à sa mère et à une enseignante dévouée, il avait appris à utiliser une grille alphabétique qui lui avait permis d'écrire à l'âge de treize ans un livre, *Sais-tu pourquoi je saute ?*, où il répondait aux questions que beaucoup de gens – beaucoup de parents – se posaient sur les enfants autistes. Il expliquait pourquoi il détestait être touché, pourquoi il répétait sans cesse une même question, pourquoi il refusait le contact visuel, ou encore pourquoi il sautait en tapant des mains… Confessait combien le combat qu'il avait mené pour fissurer la bulle de verre qu'il habitait et entrer en contact avec le monde extérieur avait été long et dur. En de brefs chapitres, il décrivait le monde tel qu'il lui apparaissait, tel qu'il le ressentait, son profond sentiment d'étrangeté, et la peine infinie qu'il lui avait fallu pour sortir de son univers et entrer en contact avec les autres. Lui aussi s'était mis à tenir un blog.

L'exemple le plus fascinant que je gardais en mémoire était peut-être celui d'Hélène, une "autiste très déficitaire", jamais scolarisée, dont la mère s'était rendu compte à l'adolescence qu'elle savait lire. Ses difficultés motrices étant trop importantes pour qu'elle pût tenir un stylo ou taper sur un clavier, sa mère avait imaginé un système de lettres plastifiées que la jeune femme tendait l'une après l'autre pour former des mots, puis des phrases, puis des textes de poésie dont certains avaient été mis en scène à Avignon. "Prisonnière dans un bocal, d'un aquarium à taille humaine", mais "équipée d'un autre sens de cet enchantement d'être en vie", pour reprendre ses mots, elle avait pris le nom d'auteur de "Babouillec, autiste sans paroles" et évoquait sa singularité en des termes saisissants : "Je suis arrivée dans ce jeu de quilles comme un boulet de canon, tête la première, pas de corps aligné, des neurones survoltés, une euphorie sensorielle sans limites."

Julie Bertuccelli lui avait consacré en 2016 un documentaire, *Dernières nouvelles du cosmos*. La réalisatrice qui avait auparavant filmé les silences, les hésitations, la parole balbutiante d'enfants venus des quatre coins du monde et réunis dans une classe d'accueil à Paris afin d'apprendre le français dans *La Cour de Babel*, avait suivi pendant trois ans cette jeune femme à l'air absent, au regard détourné, aux cheveux décoiffés, qui ne répondait par aucun mot ni signe à ceux qui s'adressaient à elle, se promenait avec une bouée autour du ventre et marchait à pas lourds et incertains. C'est qu'Hélène n'avait réalisé que récemment qu'elle avait des pieds et des mains, avait expliqué sa mère… Une mère fine, modeste, extraordinaire, qui avait réorganisé toute son existence autour de sa fille. Elle l'avait sortie de l'institution où elle végétait pour tenter d'établir une relation avec elle alors qu'Hélène ne s'était jamais laissée approcher. Suivant ses intuitions, elle lui avait trouvé un cadre de vie adapté et, elle-même cavalière, avait eu l'idée de la faire monter à cheval, lui permettant d'être au contact de créatures qui comme elles n'étaient pas douées de paroles et avec qui elle nouait des liens instinctifs, ce qui avait beaucoup contribué à son développement. Elle avait enfin mis au point un moyen de communication taillé sur mesure, et l'aidait désormais à accoucher lettre après lettre de phrases d'une densité et d'un éclat sans pareils : "Mon monde est tel que je l'ai construit, sourd à la ritournelle anesthésiant les cerveaux débranchés, sourd aux compteurs affables, sourd aux paroles plombées tombées du ciel par temps orageux, sourd à la violence et à la haine."

Oui, les exceptions existent, que j'ai recensées avec soin, les collectant comme s'il s'agissait de cailloux du Petit Poucet, comme si elles pouvaient me mener quelque part, comme si elles pouvaient offrir à mon fils la possibilité d'être lui aussi une exception… Sauf qu'il n'existe pas le moindre indice suggérant que Paul posséderait secrètement les mots. Observant qu'il n'accédait pas au langage oral, l'équipe de l'IME a déjà essayé à maintes reprises de l'intéresser aux lettres – en vain. On a aussi tenté de le familiariser avec le dessin et la peinture – tout aussi en vain. Adrien l'a amené deux ans durant au poney et je lui ai pris un chaton dès ses cinq ans parce que j'avais lu que l'introduction d'un animal domestique après cet âge améliorait les interactions sociales chez une majorité d'enfants avec TSA. Pacha, d'une nature douce et sociable, est la crème des félins – mais dans l'ensemble, Paul s'en fiche comme d'une guigne et ne s'est guère plus passionné pour les poneys. En vérité, le petit ne ressemble à aucune des "exceptions" que j'ai découvertes dans des livres et des magazines, à la radio, à la télévision ou sur le net, via des posts ou des podcasts, moi qui depuis toujours vis d'histoires, en lis et en écris, et ai cru que j'y trouverais, à nouveau, si ce n'est une solution, du moins une inspiration.

Je pourrais passer outre, m'obstiner à espérer, imaginer que Paul se révélera à son tour à douze, vingt ou quarante ans, et que je finirai par nouer avec lui un lien comparable à celui que les mères de Naoki et d'Hélène ont réussi à nouer, qui sont parvenues à leur donner les mots, ou plus exactement à faire en sorte que le monde découvre qu'ils avaient les mots (et donc une pensée, et donc une histoire, et même une histoire digne d'être racontée dans un livre pour l'un et dans un documentaire pour l'autre). Je peux aussi admettre que les chances d'établir semblable relation avec mon fils sont proches du néant. Qu'Adrien et moi sommes passés par toutes les étapes attendues depuis l'annonce de la maladie de Paul, dans le désordre plutôt que dans l'ordre, allant et venant à la manière de boules de flipper entre le choc, le déni, la douleur, la fureur, le sentiment de culpabilité, les tentatives de négociation avec le réel, le trou ténébreux de la dépression, et qu'il est temps de passer à l'acceptation des faits.

Nous y sommes pour ainsi dire acculés, carbonisés par les efforts fournis nuit et jour durant ces dernières années. C'est tout juste si nous parvenons à assurer l'intendance, qui est déjà une gageure en soi. Il faut engager et former les étudiantes qui amènent Paul à l'IME et le ramènent à la maison en faisant parfois un détour par le cabinet d'orthophonie ; l'accompagner chaque week-end aux trampolines du jardin des Tuileries et le laisser sauter des heures entières en faisant attention à ce qu'il ne gêne pas trop les autres enfants, ne mange pas d'herbe ou de feuilles, ne plonge pas les mains ou les pieds dans le seau d'eau et de détergent mêlés dont usent les responsables de l'attraction pour nettoyer les allées. Veiller à sa santé, sa sécurité et son hygiène quand il n'a aucune notion du danger, de la décence ou de la propreté, aucun bon sens et pas davantage d'inhibition sociale.

Ne pas perdre patience la nuit quand il se lève, encore et encore, pour galoper dans tout l'appartement, tandis qu'on s'escrime à lui faire avaler un fond de jus de fruits contenant de la mélatonine dans l'espoir qu'il se rendorme alors qu'on restera éveillé (on décide à la fin de l'enfermer dans sa chambre si ce cirque se produit après deux heures du matin). Ne pas perdre patience le jour quand il fait des crises ou laisse libre cours à ses tocs, enlevant ses chaussures pour la dixième fois en une demi-heure, inventant de vider tout ce qu'il peut vider sur le canapé, les tapis, les meubles ou les murs (bouteilles d'huile, d'eau ou de jus, gourdes de compote, crèmes diverses), d'escalader les placards jusqu'à faire chuter un plat en verre ou une pile d'assiettes, d'ouvrir les portes-fenêtres pour se mettre à califourchon sur la balustrade du balcon (nous avons depuis ôté les poignées des fenêtres et installé des verrous à toutes les portes et placards).

Ne pas lui en vouloir, se répéter que ce n'est pas sa faute et qu'il n'y peut rien. Ne pas s'en vouloir non plus si parfois on a malgré tout perdu patience, si on a eu une parole ou un geste malheureux devant une nouvelle bêtise, un nouveau blocage, une nouvelle rigidité – dernièrement, Paul refuse de porter caleçons et slips et se déshabille en pleine rue, jette en hurlant ses assiettes parce qu'il ne supporte plus la texture de la courgette, des oignons, des champignons, et balance son doudou sur les rails du métro, obligeant son père à descendre sur les voies à deux reprises, avant qu'on ne convienne que désormais le doudou restera dans le sac, et qu'il n'en sortira que quand Paul est bien installé dans le wagon. Il arrive aussi que ses cavalcades nocturnes soient en réalité dues à des problèmes digestifs, ce qu'il est bien évidemment incapable de nous signifier. Au lever, l'on découvre alors sa chambre souillée d'excréments et l'on se divise les tâches en se retenant de soupirer (et de respirer) – qui douche le petit, ses mains, ses fesses, ses pieds, son visage, ses cheveux, et qui lave le sol, jette les peluches impossibles à récupérer, rince les draps et les met à la machine, porte les grands rideaux blancs au pressing ("Bon, c'est la deuxième fois en une semaine, je vous fais une ristourne de 10 %...").

Ne pas se formaliser des regards posés sur Paul et sur soi dans les parcs ou les transports en commun, de l'incompréhension des uns et du mépris des autres. Ces ados dans l'avion qui parodient en hurlant de rire mon duo avec Paul tandis que j'encourage le petit à pointer du doigt une chips ; les gens attablés à des terrasses de café qui haussent la voix pour se plaindre des enfants "mal élevés" parce que Paul nous a pris de vitesse et a chipé un bout de pain ; cette vieille dame qui s'écrie dans la boulangerie que Paul a touché un croissant et qui, quand Adrien lui dit qu'il est autiste, répond qu'elle a une handicapée dans sa famille et que "ce n'est pas une raison" ; les policiers qui arrêtent Adrien et Paul dans la rue pendant le confinement puis écoutent les explications de mon mari sur le trouble neurodéveloppemental de notre fils d'un air sceptique – jusqu'à ce que Polo s'échappe et coure se jeter sur une guirlande électrique ornant la vitrine d'un restaurant dont il commence à mordre les petites lampes à pleines dents. (Adrien parti à sa poursuite après avoir lancé qu'il revenait entendra l'un des policiers lui répondre dans son dos : "C'est bon, monsieur, pas besoin !")

Et parmi mes préférés, peut-être : ces deux femmes membres d'une association proposant des chats à l'adoption, charmantes quand nous avions échangé par mail, charmantes quand elles nous ont rencontrés, Adrien et moi, mais dont le visage s'est soudain fermé quand elles ont vu Paul et ont su pour son autisme. Saisissant le premier prétexte pour repartir, elles ont envoyé depuis la rue un SMS indiquant qu'elles avaient changé d'avis et ne pourraient nous confier aucun de leurs pensionnaires. Leur échelle de valeurs et leurs convictions sur les gentilles petites boules de poils qu'il faut à tout prix protéger des grands méchants enfants handicapés n'étant pas encore universellement partagées, de simples particuliers nous ont ensuite confié Pacha…

C'est ainsi. Il faut serrer les dents et ne pas accorder d'importance aux moqueries, aux réactions de recul ou de peur, aux visages offensés ou désolés. Ne pas non plus cacher l'existence de Paul comme s'il s'agissait d'une tare ou d'un secret déshonorant et oser mentionner son handicap dans la conversation courante. Continuer d'utiliser le PECS et de l'encourager à vous regarder, à faire des demandes, à établir des contacts, quand bien même c'est la millionième fois qu'on s'y astreint. Refaire chaque année le dossier de vingt pages pour la MDPH, avec de nouveaux justificatifs, de nouveaux devis, un nouveau certificat, un nouvel emploi du temps détaillé, un nouveau "projet de vie". Attendre plusieurs mois son verdict en se demandant comme on s'en sortira si elle décide de supprimer ou de baisser drastiquement l'aide qu'elle nous verse. S'acharner à gagner suffisamment d'argent pour éponger les frais engendrés par la prise en charge et le simple quotidien, tellement plus dur, tellement plus lourd que si Paul était un petit comme les autres. Car Adrien et moi avons à prendre soin pour le reste de notre vie d'un enfant qui ne grandira jamais. Paul aura pour toujours dix-huit mois d'âge développemental, mais il a la force d'un garçon de six ans, et aura ensuite celle d'un adolescent, puis d'un adulte…

Les obligations et résolutions mêlées tournent et retournent dans ma tête tandis que je caresse doucement celle de mon fils allongé dans son lit, soulevant la grande couverture en polaire dans laquelle il aime à s'envelopper pour déposer un baiser sur ses cheveux. Paul laisse apparaître son visage, pose sur moi ses yeux noirs et vifs, sourit brièvement avant de replonger sous la couverture, et ce sourire éclair suffit à raviver l'amour si douloureux que j'ai pour lui. Lena, la mère du petit Mark, disait qu'à partir du moment où ils avaient commencé d'utiliser l'analyse comportementale, elle s'était levée chaque jour avec impatience tant elle avait hâte d'apprendre quelque chose de nouveau à son fils. Je songe que pour ma part, je me lève chaque jour en sachant que je ne pourrai rien apprendre à Paul et que je lui suis inutile. Mes sacrifices, mon dévouement, mon courage sont inutiles. Mon amour même est inutile. Puisque rien de tout cela ne sauvera Paul.

Ces pensées ne servent pas à autre chose qu'à me faire du mal et à augmenter ma peine, mais je ne peux m'empêcher de les avoir, alors même que le plus raisonnable consisterait à lâcher l'affaire et à reconnaître que je ne suis pas la thérapeute de Paul mais sa mère, et que je devrais cesser de me torturer afin de profiter de moments comme celui que nous partageons actuellement, en me satisfaisant de ce qu'il peut m'offrir et de ce que je peux lui offrir, en me réjouissant de sa joie lorsqu'il court, saute sur le trampoline, fait de la balançoire, va à la piscine ou se jette sur ses pâtes à la tomate, en savourant le doux contentement ressenti quand le petit recherche ma compagnie, me prend la main, m'assied près de lui et, le visage éclairé d'un sourire, s'adosse contre moi pour appuyer sur ses livres musicaux...

Il ne s'agit plus d'amener mon fils à parler et à rejoindre les enfants ordinaires : il n'est pas ordinaire et ne le sera jamais. Il n'existe pas, caché dans un recoin mystérieux de son être, de petit garçon au cerveau intact auquel une méthode, une approche, une procédure quelconque pourrait donner accès. Je peux bien consacrer tout ce qu'il me reste de forces, de temps et de foi à la recherche d'une clef, à quoi bon quand il n'y a pas de serrure ? En vérité, l'autisme n'est pas un ennemi à abattre ; il fait partie de Paul, est indissociable de lui, de son identité, de sa personnalité. Il faut simplement l'accepter et, gardant cela en tête, travailler à assurer à mon fils la meilleure vie possible. L'amie de Lena, Jackie, n'avait-elle pas abouti au même constat ? Les années passant, il était arrivé un moment où l'idée que Matthew ne guérirait pas de son autisme avait cessé de la peiner. Elle avait compris et admis qu'il ne serait jamais "normal" – qu'il aurait ses propres règles et sa propre "normalité". Et qu'il lui faudrait simplement évoluer dans un milieu adapté. S'il était toujours malheureux, les choses seraient différentes, avait-elle confié. S'il était toujours malheureux, elle aurait continué de se battre pour lui aussi longtemps, aussi farouchement qu'il l'aurait fallu. Mais il était heureux. Il était même plus heureux que la plupart des jeunes gens de son âge dont le développement n'avait pas été entravé. Et il rendait ses parents heureux : il leur apportait beaucoup de joie, leur témoignait tendresse et affection, et pour elle, c'était une victoire en soi.

Le problème, bien sûr, c'est que Paul a six ans et non vingt-quatre, et que je n'en suis qu'au début du chemin qui a conduit Jackie à l'apaisement. Je viens tout juste de concéder que contrairement à Temple, Paul ne possédera jamais les mots. Qu'il n'aura ni scolarité ni carrière. Ni camarades, ni compagne, ni descendance. Que le livre décrivant sa trajectoire, les multiples obstacles rencontrés, l'adversité affrontée puis terrassée, la réussite couronnant sa vaillance et notre héroïsme, à Adrien et à moi, n'existera pas davantage. Ni Paul ni moi ne l'écrirons jamais. Je reste seule avec le sentiment d'avoir déserté le champ de bataille en y abandonnant mon fils. Mon pauvre petit enfant défectueux qui ne progressera jamais jusqu'à disposer d'une autonomie suffisante et aura besoin, comme Matthew, d'un lieu où il pourra mener une existence abritée des dangers et des cruautés du monde extérieur, de toutes ces normes et exigences qui lui échappent et qu'il lui est impossible d'assimiler. L'institutionnalisation que la mère de Temple voulait lui éviter à tout prix, je vais devoir non seulement l'envisager, mais en faire mon nouvel horizon.

TEMPLE

La vie est ainsi faite que certains vont d'échec en échec quand d'autres volent de succès en succès. En 1995, Temple publie un nouvel essai autobiographique, *Penser en images*, qui complète et approfondit *Ma vie d'autiste*, élargit son public et augmente encore sa notoriété. Dix ans se sont écoulés durant lesquels elle a poursuivi sa route, multipliant les contributions scientifiques comme les conférences. Le temps passant, elle a extraordinairement amélioré sa présentation : elle regarde désormais ses interlocuteurs en face, sa voix est moins forte et plus posée, son débit mieux réglé – elle ne déglutit plus à tout bout de champ, ne donne plus l'impression de reprendre sans cesse sa respiration en parlant. Elle s'appuie sur des supports visuels qui rythment et illustrent avec pertinence ses exposés, ménage des pauses bienvenues dans ses prises de parole et ose même l'humour en insérant des plaisanteries qui rencontrent un franc succès. Ses épaules et son dos se sont redressés, elle se tient droite, ne boite plus quand elle marche, bouge de façon plus harmonieuse. Elle se montre claire, vive et précise face à un auditoire conquis, auquel elle répond à présent avec aisance.

Ses écrits reflètent pareillement son évolution. Elle sait bien mieux se mettre à la place du lecteur, imaginer la façon dont il envisage les choses, et saisit davantage ses attentes. Tout en ayant gardé la franchise et la singularité de *Ma vie d'autiste*, *Penser en images* a gagné en richesse, en chaleur et en cohérence. Son autrice a appris à donner des exemples parlants, à incarner sa pensée, à structurer son récit, et sa réflexion s'est affinée : elle ne raconte plus seulement des pans de sa vie, mais les met en perspective, et examine en chapitres ordonnés les troubles sensoriels, l'apprentissage de l'empathie, ce qui relève de la biochimie, les points de jonction entre sa pensée et la psychologie animale, ou encore les liens entre autisme et génie. Car le génie, que ce soit celui de Van Gogh, d'Einstein, ou de Wittgenstein, est aussi une forme d'anormalité. Les grands créateurs ont souvent des tendances autistiques, maniacodépressives ou schizophrènes. Tout est question de dosage, et pour Temple (ainsi que pour bon nombre de scientifiques ayant travaillé sur la question), supprimer les gènes responsables de ces troubles reviendrait à supprimer toute pensée originale, toute imagination, tout art – bref, à remettre le monde aux mains des comptables.

Le fait d'être la première concernée, de pouvoir s'appuyer sur son expérience personnelle pour parler de l'autisme, donne une force unique aux propos de Temple. Un autre de ses ouvrages, *Dans le cerveau des autistes*, exposera ainsi les considérations que lui ont inspirées les nombreux scanners que cette passionnée de neuro-imagerie a passés au fil des ans afin de mieux connaître son fonctionnement cérébral : il a ainsi été déterminé que Temple avait un cervelet inférieur de 20 % à la moyenne, ce qui expliquerait son mauvais sens de l'équilibre, que ses amygdales ont une taille supérieure à la moyenne, ce qui a certainement joué un rôle dans l'intensité de ses crises de panique, ou encore que la substance blanche de son hémisphère gauche porte la trace d'une lésion, ce qui aurait enclenché des processus de reconfiguration destinés à compenser les fonctions perdues.

Elle y évoque pareillement son propre diagnostic pour parler du diagnostic d'autisme en général, revenant sur les découvertes et les positions de Leo Kanner avec cette lucidité dépourvue d'affect si caractéristique de sa manière d'être. Dans son tout premier article, le pédopsychiatre penchait pour une explication non pas psychologique mais biologique de la maladie, tout en notant que les parents des onze enfants qu'il avait examinés étaient tous très diplômés, montraient un goût prononcé pour les abstractions scientifiques et/ou littéraires, et peu d'intérêt pour les autres êtres humains. Il changea ensuite d'avis sans qu'on sache vraiment pourquoi, et transforma ce qui n'était qu'un constat en une accusation : dans un article de suivi, il affirma que les onze enfants avaient été exposés d'emblée "à la froideur parentale, à leur caractère obsessionnel, à leur attention de type mécanique aux besoins seulement matériels", et que leur repli semblait "une façon de se détourner de cette situation pour rechercher du confort dans la solitude". En 1970, Kanner alla jusqu'à déclarer dans une interview pour *Time* qui fit grand bruit que les autistes naissaient de parents qui s'étaient "juste assez dégelés pour produire un enfant", donnant corps au mythe de la “mère frigo”. Étant le premier expert en la matière, il façonna la manière dont la profession médicale envisagea l’autisme durant un quart de siècle… avant d’achever sa carrière en affirmant que ses propos avaient été déformés et qu’il n’avait jamais jugé les parents coupables de quoi que ce fût. (Et tant pis pour le mal qui avait été fait.)

Temple argue que si elle en juge par sa propre histoire, Leo Kanner – celui des années 1960-1970 en tout cas – a manifestement inversé la cause et l’effet. À supposer qu’on pût juger Eustacia “froide” ou “émotionnellement distante”, Temple ne s’était nullement mise à adopter des comportements étranges et/ou destructeurs de ce fait. À la limite, c’est au contraire parce que Temple se raidissait quand elle la câlinait qu’Eustacia avait pris ses distances et cessé de lui octroyer des caresses qui étaient apparemment pénibles au bébé (personne à l’époque n’imaginant que lesdites caresses créaient des courts-circuits dans le système nerveux de sa fille). Parce que de mauvais parents *peuvent* causer des problèmes chez leurs enfants – il est certain que si une mère tient son enfant enfermé dans un placard dès sa naissance en le battant et en lui criant dessus, il en sera en effet traumatisé et que son développement en portera la marque –, on a conclu indûment que l’autisme était *forcément* causé par de mauvais parents. Sans doute aussi du fait que le comportement d’un enfant mal élevé peut paraître proche de celui d’un enfant avec autisme – cris, colères, incapacité à se tenir tranquille et à ne pas interrompre les adultes, et ainsi de suite. Il faut les examiner d’un peu plus près pour s’apercevoir que le premier comprend les codes sociaux mais refuse de les respecter quand le deuxième ne les possède pas et ne peut donc s'y conformer. Que l'un fait des caprices, quand l'autre souffre…

Tout en considérant que l'environnement joue un rôle certain dans le développement des enfants (ou d'ailleurs des cochons, si l'on en croit ses propres travaux), Temple ne tient donc pas les parents pour responsables de l'autisme, contrairement au Leo Kanner du milieu de carrière ou au psychanalyste Bruno Bettelheim, l'auteur de *La Forteresse vide* (1967), qui emprunta et popularisa, pour le pire plutôt que pour le meilleur, le mythe de la "mère frigo", allant jusqu'à comparer les enfants avec autisme à des déportés et leurs parents à des gardiens de camp.

Cela n'empêche pas l'autrice de *Penser en images* de prendre en compte les facteurs génétiques, bien au contraire. Elle-même pense que son père, Dick, avec sa nature solitaire, sa tendance à la pédanterie et sa grande maladresse sociale, était sans doute Asperger : il piquait des crises de rage lorsque les plats mettaient trop de temps à arriver au restaurant et durant des années, écrivit lettre sur lettre pour se plaindre du centre équestre près de chez eux dans l'espoir de le faire fermer, en mesurant quotidiennement la quantité de fumier jetée aux ordures… Les traits autistiques ne sont pas rares chez les parents et grands-parents d'enfants avec TSA, mais c'est bien la maladie en tant que telle qui établit des barrières et empêche l'enfant de nouer des liens avec les autres et de s'ouvrir au monde – tant et si bien que l'ensemble de ses expériences sensorielles et sociales en est très appauvri, ce qui en retour alourdit son handicap, l'absence de stimulation renforçant son repli sur lui-même suivant un cercle vicieux.

En parallèle de ses contributions sur l'autisme, Temple a poursuivi sa carrière d'universitaire, d'ingénieure et de consultante, et ses conférences et écrits sur le comportement animal et l'industrie d'élevage sont tout aussi nombreux et appréciés que ceux qu'elle consacre à l'énigmatique maladie dont elle est atteinte. Tout se passe comme si elle s'attachait à donner des mots à ceux qui n'en disposaient pas, animaux et autistes ayant ceci de commun qu'ils n'ont pas voix au chapitre – ils s'expriment dans une langue que nul n'entend, ni ne comprend. On se souvient que les spécialistes ont de ce fait longtemps avancé qu'il n'y avait rien chez les autistes qui pût ou dût être entendu ou compris, car ils étaient doués de sensibilité, mais non de pensée – comme des bêtes, en somme. Temple qui a prouvé le contraire avec *Ma vie d'autiste* considère pour sa part que le mode de pensée des animaux est seulement différent, de même que le sien tranche sur le tout-venant. Elle estime également qu'il existe un autre trait commun aux bêtes et aux personnes avec autisme : la façon dont la société les envisage et les traite, qui offre un miroir des plus révélateurs.

Lors d'une discussion avec Oliver Sacks à propos d'un article où elle analysait le comportement des préposés à l'abattage – certains déréalisant leur action et se conduisant avec les bêtes comme s'ils se trouvaient face à des boîtes qu'ils devaient agrafer pour éviter de ressentir toute émotion tandis que d'autres, véritablement sadiques, les torturent et les tuent avec plaisir –, Temple remarque ainsi qu'en Amérique, les États qui se préoccupent du bien-être animal veillent également sur celui des handicapés, et que les États qui n'ont pas aboli la peine de mort sont aussi ceux où les animaux et les handicapés sont le moins bien lotis, la Géorgie faisant à cet égard figure de véritable "fosse aux serpents". Corrélation significative : le sort réservé aux faibles et aux inadaptés est un parfait indicateur du degré de civilisation du monde où ils évoluent – de la société qui les abrite et des valeurs qu'elle défend, quelles que soient par ailleurs ses devises, affirmations et prétentions.

Écrivant sur les causes des ecchymoses chez les bovins ou encore l'influence du stress avant l'abattage sur la qualité de la viande, continuant d'inventer d'ingénieux dispositifs dont l'emploi s'est généralisé dans la plupart des grands abattoirs (tel le transporteur à double ridelle, qui permet de convoyer dans le plus grand calme et donc avec un maximum d'efficacité quelque deux cent quarante bêtes par heure), la scientifique et professionnelle qu'est Temple en matière de design des équipements franchit un nouveau palier quand elle met au point un système de notation dédié au bien-être animal… au sein des abattoirs. Soit un "code" en cinq points qui permet de déterminer si la mise à mort est faite dans des conditions qui épargnent au bétail la douleur et la peur. Plutôt que d'édicter des normes en tant que telles, elle propose d'examiner le pourcentage de bêtes rendues inconscientes après un coup de merlin pneumatique, de noter si elles sont mortes ou non lorsqu'on les suspend, combien d'entre elles sont tombées pendant le transbordement, combien ont meuglé au moment d'être étourdies, et la façon dont sont employés les aiguillons électriques.

Temple invente cette grille de notation en 1996-1997 pour l'Institut américain de la viande, qui l'inscrit dans ses recommandations, mais c'est 1999 qui marque véritablement un tournant pour l'industrie d'élevage du pays tout entier : cette année-là, McDonald fait en effet appel à l'expertise de Temple pour évaluer les abattoirs avec lesquels la multinationale collabore. Plutôt que de s'encombrer de grands mots sur les nécessités éthiques dans l'abattage ou de généralités sur la bienveillance à témoigner aux ovins, bovins et porcins dans leurs derniers instants, Temple se veut comme toujours concrète et efficace. Il s'agit de cocher des critères précis : si moins de 95 % des bêtes sont inconscientes après avoir reçu un coup de merlin pneumatique, l'abattoir aura contrevenu à l'un des cinq points clefs de l'audit et McDonald ne fera plus appel à ses services – c'est aussi simple que cela. Temple a par ailleurs ajouté d'autres éléments à passer en revue – les inspecteurs doivent examiner si des barrières sont refermées volontairement sur les bêtes, si on leur donne des coups sur des zones sensibles en les manipulant, si on les entasse jusqu'à les écraser, etc. –, qui peuvent pareillement valoir d'être exclu de la liste des fournisseurs de la célèbre marque.

En dix-huit mois de travail avec les enquêteurs de McDonald, qu'elle s'est employée à former avec autant d'énergie que de pédagogie, Temple voit se produire plus de changements qu'en toute sa carrière. D'autres géants du secteur, comme Wendy's ou Burger King, suivent bientôt, et le respect des critères imaginés par Temple devient un véritable label. Leur survie commerciale en dépendant, les directeurs de *tous* les abattoirs d'Amérique s'attachent à suivre avec vigilance les directives établies par la fille d'Eustacia, qui a elle-même travaillé à ce que son système soit compréhensible et applicable par tous, veillant à conserver partout les mêmes règles, un peu comme s'il s'agissait d'un Code de la route : un panneau Stop est un panneau Stop, la conduite en état d'ivresse est proscrite, la priorité est à droite, et les contrevenants perdront leur permis.

En créant rien de moins qu'une bible nationale du bien-être animal, Temple qui avait déjà changé le regard porté sur les personnes avec autisme révolutionne pareillement la façon de considérer et de traiter les animaux dans l'industrie d'élevage. Coup double, parcours hors normes et réussite exceptionnelle : les médias, toujours en quête de bonnes histoires à diffuser et à mettre en scène, font de Temple leur coqueluche. Au fil des ans, elle se voit interviewée sur ABC comme sur CNN et invitée dans un vaste éventail d'émissions, du *Today Show* au *Larry King Live* en passant *60 Minutes*, tout en étant l'objet d'une multitude d'enquêtes et de reportages dans *People Magazine*, le *New York Times*, *Forbes* ou *Time Magazine*. Participant à une flopée de documentaires quand elle n'en est pas le centre, comme dans *La Femme qui pense comme une vache*, diffusé en 2006 sur la BBC, elle ne compte bientôt plus les distinctions et les diplômes honorifiques qui pleuvent sur elle, qu'ils soient accordés par des établissements locaux comme l'université Emory en Géorgie ou étrangers comme l'Université suédoise des sciences agricoles. En 2004, elle réussit l'exploit de réunir les suffrages d'une association de protection animale et de l'industrie d'élevage en étant récompensée à la fois par PETA (People for the Ethical Treatment of Animals), qui lui décerne le "prix du Progrès" pour son talent visionnaire et par… *Beef Magazine*, qui la désigne comme l'une des quarante personnalités les plus influentes dans l'industrie de la viande de bœuf.

Temple devient une célébrité, jusqu'à figurer en 2010 dans la liste du *Time* des cent personnes les plus influentes du monde sous la catégorie des "héros et héroïnes". Une héroïne qu'elle est à la fois dans la réalité et à l'écran, puisqu'en cette même année 2010, HBO diffuse un biopic intitulé en toute simplicité *Temple Grandin*, avec Claire Danes dans le rôle principal et Julia Ormond dans celui d'Eustacia. Nommé pour seize Emmy Awards, il en décroche sept, dont celui du meilleur téléfilm, du meilleur scénario et de la meilleure réalisation. Les deux actrices repartent chacune avec le leur – Claire Danes y ajoutera par la suite un Golden Globe – et Temple, qui assiste à la cérémonie et se voit elle aussi appelée sur scène, gardera longtemps le souvenir d'un spectacle qu'elle n'aurait jamais cru possible dans ses fantasmes les plus délirants : en ce jour qui est aussi par coïncidence celui de son anniversaire, le gratin d'Hollywood arborant ses plus beaux atours – smokings, robes haute couture, bijoux et *tutti quanti* quand Temple a revêtu ses habituels jeans, chemise et bottes de cow-boy – applaudit à tout rompre tandis que son nom résonne triomphalement, à sept reprises, dans un immense amphithéâtre tendu de velours rouge.

PAUL

“Le silence. C’est à cela que je songeais cette nuit alors que j’étais en proie à l’insomnie après un réveil impromptu de mon petit garçon à trois heures du matin – le confinement et le déconfinement ont beaucoup perturbé un rythme déjà instable, et il est rare qu’il dorme d’une traite jusqu’au lever. Je songeais au silence revenu dans l’appartement plongé dans le noir. Au silence des bibliothèques où je passais tous mes mercredis et mes samedis après-midi quand j’étais enfant. Au silence régnant dans la maison de mon mari en Ardèche, seulement troublé par le murmure d’une rivière qui coule à quelques mètres de là. Au silence dans Paris pendant le confinement, lorsqu’aucune voiture ne roulait plus sur les grands boulevards, lorsqu’aucun café ni restaurant n’avait la possibilité d’accueillir un client, et que les oiseaux chantaient pendant que mon fils traversait en trottinette la place Vendôme ou la rue de Rivoli désertées, rasant les grilles des Tuileries closes pour un temps indéfini. Les Vietnamiens ont mille expressions pour décrire les nuances de la pluie. *Mua bong may*, littéralement « la pluie d’ombre du nuage », désigne une éphémère petite pluie d’automne. *Mua roi*, les ondées qui annoncent la saison des néréides, des vers blancs comestibles, vers les neuvième et dixième mois lunaires. *Mua ngau*, des vagues de pluie de longue durée qui tirent leur nom d'une légende chinoise – celle de deux époux séparés par le Ciel mais qui se retrouvent une fois l'an sur un pont formé par des corbeaux, et dont les larmes versées retombent alors sur terre… Ne devrions-nous pas nous aussi disposer d'une quantité infinie de mots pour évoquer toutes les réalités que recouvre ce terme unique : « silence » ?"

C'est le seul paragraphe que j'aie écrit où apparaît Paul – le début d'un texte rédigé en juillet 2020 en remplacement d'une rencontre scolaire annulée du fait du confinement. J'y tirais le fil du silence pour évoquer les violences de la guerre, du deuil et du dénuement qui avaient poussé mes parents à l'exil, ces drames sans nom qui les avaient frappés et dont ils ne parlaient jamais. En réponse à ce vide qui lui tenait lieu de racines, leur fille n'avait rien trouvé de mieux que de bâtir des romans qui intégraient et remaniaient les rares tessons de la mémoire familiale ayant échappé à la destruction. Des histoires peuplées de fantômes et d'inconsolés, où une majestueuse demeure surplombant une plantation de cocotiers et de canne à sucre brûlait jusqu'aux fondations, où un orphelin apprenait que l'homme si bienveillant qui lui avait donné un foyer avait été envoyé dans un camp de rééducation où il était mort d'épuisement et de faim, où une vieille dame au chignon retenu par une barrette de jade tentait de retrouver les corps de son mari et de son père assassinés un demi-siècle plus tôt afin de leur offrir une sépulture.

"Peut-être n'ai-je jamais fait que collecter et graver des silences. Peut-être écrire est-il moins une question de révélations que de secrets, de présence que d'absence, de mots que de non-dits." Le texte s'achevait là et l'ironie tenait à ce que je semblais me dévoiler alors que je dissimulais au contraire l'essentiel, le seul silence que je n'avais pas nommé, celui de mon fils et, partant, le mien – ou plutôt le nôtre, à Adrien et à moi. Le vrai secret résidait entre les lignes, dans le clair-obscur d'une silhouette d'enfant traversant une capitale vidée de ses habitants comme on se vide de son sang. Dans l'ombre de ces jours et de ces nuits qui s'étaient enchaînés sans nous laisser le temps de reprendre notre souffle, jusqu'à sombrer corps et âme dans le désespoir. L'IME avait fermé ses portes, les thérapeutes et baby-sitters s'étaient barricadées chez elles, les parcs et les jardins parisiens reposaient tels des gisants derrière leurs grilles closes. Mes parents étaient trop vieux et trop fragiles pour nous venir en aide et ceux d'Adrien étaient morts ; nos frères et sœurs avaient leur vie et parfois leurs propres enfants. Il n'y avait personne d'autre que nous pour s'occuper de Paul, et nul endroit où nous réfugier.

Vivre vingt-quatre heures sur vingt-quatre à domicile, sans possibilité d'évasion ou presque, n'était simple pour personne, mais c'était incontestablement le pire qui pouvait arriver à un enfant comme Paul. Profondément perturbé par ces changements en rafale, incapable de saisir ce qui se passait malgré nos tentatives d'explication, il se levait toutes les nuits, comme en proie à d'irrépressibles cauchemars, poussait des cris, refusait de se recoucher, et passait la journée à courir entre les quatre murs de l'appartement à la manière d'un oiseau pris au piège, qui se cogne encore et encore contre les vitres des fenêtres, le corps en nage et l'esprit affolé, gémissant de manière insupportable des heures durant, n'écoutant rien de ce qu'on lui disait, brisant, déchirant, jetant tout ce qui lui tombait sous la main, se roulant par terre, souffrant comme il n'avait jamais souffert.

Au bout de dix, vingt, trente jours de ce régime, Adrien en avait été réduit à appeler les urgences : les idées noires l'envahissaient à nouveau et il avait replongé dans la dépression. Parce qu'il était en meilleure forme physique que moi, alors en proie à des malaises d'une telle intensité que j'avais du mal certains jours à mettre un pied hors du lit, il avait pris à sa charge de veiller sur Paul la majeure partie du temps – et n'avait réussi qu'au prix de sa santé mentale. En voyant son état, le psychiatre lui avait proposé un internement de deux semaines afin de prendre un repos digne de ce nom. Adrien avait refusé : s'il partait, que deviendrions-nous, Paul et moi ? Ils s'étaient mis d'accord sur des séances de psychothérapie hebdomadaires et Adrien avait réintégré l'appartement bardé de somnifères et d'antidépresseurs.

Ni lui ni moi ne nous attendions à pareille issue. Nous nous croyions plus forts, plus solides. Entraînés à la solitude. Car avoir Paul nous avait isolés presque d'emblée. La plupart des parents replongent dans une période de sociabilité presque aussi intense que du temps de leurs études sitôt que leur enfant commence à rejoindre des lieux de collectivité : on rencontre d'autres pères et mères à la porte de la crèche ou devant les grilles de l'école, on se lie avec tel ou tel couple parce que nos enfants sont devenus copains et/ou partagent des activités extrascolaires.

Les gamins entraînent les adultes dans leur danse, suscitant de nouveaux élans, de nouvelles curiosités, de nouvelles amitiés que cimentent les anniversaires et les échanges de bons procédés – tu ramènes mon fils au judo avec le tien, moi je l'accueille pour une soirée pyjama, si on en profitait pour prendre l'apéro à l'occasion, organiser un goûter de gaufres à six un dimanche, partir ensemble en vacances cet été ?

Nos amis qui avaient des enfants ne nous avaient nullement ostracisés, et il y avait de fait eu quelques anniversaires, goûters et vacances en commun. Mais très vite le handicap de Paul avait fait obstacle. Le petit évitait toute interaction avec ses pairs et les fuyait comme s'ils étaient radioactifs. N'avait pas le moindre geste, pas le moindre regard et évidemment pas le moindre mot pour ces têtes blondes et brunes de son âge, quand il pouvait rechercher l'attention de certains adultes, leur prendre la main et leur sourire, demander qu'ils le poussent sur la petite balançoire que nous avions fait installer dans notre salon, par exemple. Les enfants semblaient effrayer Paul, trop vifs, imprévisibles et bruyants, trop peu à même de s'adapter à lui, aussi. Et lui demandait trop de concentration et d'attention, exigeait trop de nous pour qu'Adrien et moi puissions véritablement profiter des instants passés en compagnie d'autres familles. Nous avions fêté son deuxième et son troisième anniversaire puis nous en étions tenus là car c'était plus pénible qu'autre chose : les enfants des autres jouaient spontanément les uns avec les autres au bout de quelques minutes, quand Paul refusait tout contact et cherchait vainement un endroit où échapper à tout ce bruit, toute cette agitation, tous ces gens, avec sur le visage un air d'intense douleur, de panique, même, qui me donnait envie de le prendre avec moi et de m'enfuir.

Comme mes parents cinquante ans plus tôt, Adrien et moi nous étions à notre tour exilés. Nous avions quitté le rivage de la parentalité ordinaire pour dériver jusqu'à un autre pays. Une terre étrangère d'où l'on ne revient pas et où l'on apprend à vivre uniquement parce qu'on n'a pas le choix. En tâchant d'accompagner au mieux notre petit, nous l'avions rejoint derrière sa paroi de verre, d'où nous adressions des signes de plus en plus lointains à nos parents comme à nos amis. Quelles que fussent la gentillesse et la bonne volonté qu'ils nous témoignaient, ces derniers n'étaient pas en mesure de nous décharger de notre fardeau.

À la fin, Adrien et moi ne pouvions compter que sur nous-mêmes, et nous savions marcher sur un fil. L'écrasante majorité des parents ayant un enfant avec autisme finissent par se séparer – 85 %, avais-je lu. Trop d'épreuves, trop de stress, trop de colère ; trop de sacrifices et de renoncements ; trop de griefs et de déceptions. Les chagrins et les peines liés à notre fils avaient dévoré notre énergie et asséché notre relation. La douceur, la confiance, la chaleur qui l'imprégnaient autrefois s'étaient évanouies. Nos blessures restaient à vif, sans cesse ravivées par le manque de sommeil, de temps et d'argent, les difficultés chroniques que supposait une vie avec Paul.

De l'extérieur, pourtant, nous semblions tenir. Nous avions résisté. On admirait notre courage (mais est-ce du courage quand il n'y a pas le choix ?). Si nous laissions transpirer un peu de notre fatigue et de notre désarroi – nous n'étions pas des robots –, nous tâchions de nous maîtriser, de ne pas en faire trop, de peur d'ennuyer, de peser, et de nous isoler davantage encore. Nous poursuivions notre carrière et travaillions même énormément – sans doute parce que c'était la seule chose qui fût encore à nous, le seul élément de notre vie, de notre identité, qui n'avait pas été teinté par la maladie et le chagrin, contrairement à notre amour. Nous souriions quand il fallait sourire, allions au cinéma et au restaurant, nous rendions à des expositions, dînions avec et chez des amis. Nous avions dans l'idée que nous devions continuer à vivre le plus normalement possible, ne serait-ce que pour conserver le moral et les forces nécessaires pour prendre soin de Paul. Qu'importait si une part de nous était morte, une forme d'espoir, d'élan, de foi dont nous dissimulions la perte sous un masque de suractivité. Qu'importait si quelque chose en nous s'était rompu.

Le texte que j'avais écrit ne disait rien de tout cela et pourtant la mention fugitive de Paul, telle la pointe émergée d'un iceberg, témoignait d'un désir secret, d'une nécessité intime dont je n'étais pas consciente encore, et que j'aurais même niée si on m'y avait confrontée sans détour. Celle de mettre des mots non plus seulement sur les tragédies de mes parents, et l'édifice de silences bâti par-dessus (garder le silence parce qu'il est trop douloureux d'évoquer ses proches assassinés, garder le silence parce que les évoquer expose à être dénoncé et assassiné à son tour, garder le silence parce qu'on en a pris l'habitude, qu'il fait partie de vous, qu'il est devenu votre colonne vertébrale, si bien que le briser reviendrait à vous briser vous), mais encore la tragédie de Paul, *notre* tragédie, que nous vivions pour l'heure sans recul ni réflexion, ou plutôt à laquelle nous tentions désespérément de survivre, luttant de toutes nos forces, précisément, pour que ce ne fût pas une tragédie, pour que notre histoire ne s'y résumât pas, de même que mes parents avaient, contrairement à la plupart de leurs parents et amis, défait un sort contraire, gagné une autre contrée et par là une autre vie – une deuxième chance, quand bien même ils demeureraient marqués par les épreuves passées.

Mon texte ne le disait pas davantage mais Adrien et moi avions nous aussi reçu une forme de deuxième chance. C'était la raison pour laquelle j'étais, certains jours, malade au point de ne pouvoir quitter le lit. La raison pour laquelle Adrien avait refusé de déserter et demeurait à mes côtés, résolu à combattre sa tristesse et ses humeurs déréglées. La raison pour laquelle nous restions et resterions ensemble, envers et contre tout. J'étais enceinte de six mois lorsque j'avais écrit mon texte sur le silence. Un petit garçon, à nouveau, dont nous n'avions nullement planifié l'arrivée mais que nous attendions avec un mélange de bonheur et d'angoisse, d'espoir et de peur. Avec un grand frère comme Paul, le bébé avait, si l'on en croyait une étude tirée d'une base de données portant sur plus d'1,5 million de familles américaines avec deux enfants ou plus, 13 % de chances d'être lui aussi porteur de TSA.

TEMPLE

“Le monde a besoin de toutes sortes d’esprits”, affirme Temple dans sa conférence TED mise en ligne en 2010 et vue par plus de sept millions de personnes depuis. Devant un public fourni, elle décrit, vêtue d’une de ses fameuses tenues de cowboy, la façon dont elle pense – en images et en portant une attention aiguë aux détails. Elle explique en quoi c’est précieux : “Si vous construisez un pont, les détails sont capitaux : il s’écroulera si vous les ignorez.” Elle souligne les similitudes entre sa pensée et celle des animaux, et raconte comment en parvenant à voir à travers leurs yeux elle a réinventé les équipements destinés aux bêtes et résolu nombre d’énigmes liées à leur comportement.

La pensée des animaux se fonde sur les sens : ils pensent en images, en sons, en odeurs. En reniflant une bouche d’incendie qu’un de ses congénères a marquée, un chien accède à une foule d’informations. Il sait qui s’est trouvé là, si c’est un ami ou un ennemi, s’il s’agit d’un partenaire éventuel pour s’accoupler… Il accède à des informations extrêmement détaillées qu’il range ensuite en catégories, et Temple ne procède pas autrement. Un homme à cheval et un homme au sol seront ainsi perçus par un étalon comme deux choses complètement différentes. Un cheval qui aura été maltraité par un cavalier s'entendra parfaitement avec le vétérinaire et le maréchal-ferrant mais sera impossible à monter tandis qu'un autre cheval qui aura été battu par le maréchal-ferrant se comportera de manière agressive avec les hommes à terre mais pourra être monté sans difficulté…

Le point de vue si particulier de Temple lui aura permis de saisir et de décrypter ces subtilités, et de transformer du tout au tout les sciences animales, la zootechnie et le traitement des bêtes dans l'industrie d'élevage. Le monde a besoin d'esprits autres, atypiques, iconoclastes – d'esprits qui ne rentrent pas dans les cases usuelles et peuvent contribuer à l'améliorer. "Si les gènes de l'autisme avaient été éliminés de la surface de la terre, les hommes seraient encore en train de socialiser devant un feu à l'entrée d'une cave", a écrit Temple. Car c'est l'Asperger qui le premier a eu l'idée de fabriquer la lance de pierre… Et de préciser les trois types d'intelligences autistiques. Les penseurs visuels, dont elle est, fonctionnent comme Google Images, sont doués de mémoire photographique et peuvent faire fonctionner des dispositifs et machines dans leur tête comme le ferait un programme de réalité virtuelle ; ils excellent dans le design graphique, la conception industrielle, la photographie. Les penseurs par schémas et modèles, plus abstraits, font d'extraordinaires mathématiciens, ingénieurs informaticiens, programmeurs ou compositeurs. Enfin les penseurs verbaux, qui savent souvent tout sur tout, seront de très bons journalistes, acteurs ou historiens.

Chacun a ses forces mais aussi ses faiblesses, et Temple s'inquiète de la difficulté à accueillir et stimuler ces esprits peu sociaux mais porteurs de talents uniques. Tout ce qu'elle voulait faire enfant, confie-t-elle, c'était dessiner des chevaux. Sa mère lui a proposé de dessiner d'autres choses aussi et lui a ainsi ouvert de nouvelles perspectives ; les enfants porteurs de TSA ont des fixations et plutôt que les laisser s'y enfermer, il faut les utiliser. Si un petit garçon aime les tours de Lego, on lui apprendra à construire des maisons, des animaux, des camions en Lego, et s'il aime les voitures de course, on s'appuiera sur cet intérêt pour lui enseigner les mathématiques en imaginant des problèmes dont elles seront le support (combien de temps faudra-t-il à la voiture pour parcourir telle distance à tant de kilomètres/heure ? Si deux voitures font la course, et si l'une part vingt minutes après l'autre et qu'elles roulent à telle et telle vitesse, au bout de combien de temps celle-ci rattrapera-t-elle celle-là ?).

Il faut allumer une flamme – motiver ces enfants dont les talents ne demandent qu'à être révélés et nourris pour s'épanouir. Temple évoque le rôle de monsieur Carlock dans sa vie, met en avant l'importance des mentors, et fait remarquer qu'avec les changements introduits dans le présent système éducatif, elle-même ne pourrait aujourd'hui entrer à l'université du fait des spécificités de son esprit, qui n'entend rien à l'algèbre mais assimile avec une grande facilité la géométrie et la trigonométrie. Elle rencontrerait à dire vrai des difficultés dès l'école primaire et le collège, purgés de beaucoup de cours touchant au manuel, à la création plastique et artistique ou à la mécanique, quand il est impératif pour Temple de mettre en contact tous ces enfants "geeks" avec une multitude de savoirs concrets – ce que font d'ailleurs les conférences TED – afin d'éveiller chez eux un intérêt qui pourra servir de moteur (comme elle-même a été mise en contact avec le bétail et les couloirs de contention dans le ranch de sa tante). Ce n'est qu'ainsi qu'ils seront en mesure de rejoindre des lieux comme la Silicon Valley et de travailler à la société de demain…

Le plaidoyer de Temple est séduisant et même enthousiasmant, qui donne envie d'ajouter foi à cette conviction si américaine selon laquelle tout le monde peut réussir – pourvu qu'il s'en donne la peine et les moyens. On pourrait toutefois observer que si l'oratrice désormais chevronnée et la principale concernée qu'est Temple définit bien, en préambule de cette ode fervente à la différence, l'autisme comme étant un continuum qui s'étend de cas sévères où l'enfant ne communique d'aucune façon aux ingénieurs et aux mathématiciens les plus brillants, voire aux plus grands génies de son temps (elle citera par la suite Einstein, Tesla, Mozart, Bill Gates, Spielberg), les enfants qui ne "communiquent d'aucune façon" ne portent évidemment pas de noms, et disparaissent de l'exposé sitôt qu'ils ont été mentionnés, ou presque. Ils ne reviennent que l'espace de quelques secondes durant lesquelles Temple précise que la moitié des enfants sur le spectre ne parlera pas et qu'il n'est pas raisonnable pour ceux-là d'imaginer un avenir au sein de la Silicon Valley…

La conférence de Temple est une ode à la différence, mais elle célèbre une différence féconde, productive, enrichissante dans tous les sens du terme

– celle qui peut gonfler les chiffres de la croissance. Quant à savoir ce qu'il advient de ceux qui sont différents mais dont la différence n'est pas considérée comme un atout et ne saurait se muer en une chance pour le monde présent et à venir (et qui constituent accessoirement la moitié du lot), Temple n'en dit rien. Un voile pudique a été tiré sur ce qu'il faut faire pour eux et la façon dont la société doit les traiter, les éduquer ou les protéger – ils ont purement et simplement disparu de l'équation. On les a évacués de la discussion comme s'ils comptaient pour zéro, en détournant discrètement le regard.

J'ai tout vu et tout lu de Temple, comme j'ai lu les ouvrages de Josef Schovanec, Hugo Horiot, Naoki Higashida, Babouillec, Sean Barron, Daniel Tammet, comme j'ai lu les romans et témoignages de nombre de parents d'enfants autistes. Je les ai lus avec l'espoir de trouver des idées, des trucs, des astuces qui me permettraient de délabyrinther les arcanes du cerveau et de la sensorialité de Paul. Les livres ont toujours été mes alliés, qui m'ont aidée à peupler ma solitude quand j'étais enfant et adolescente et me sentais différente non seulement des autres mais aussi des miens – mes parents qui venaient d'une autre terre, parlaient une autre langue, avaient d'autres repères et d'autres codes.

Ils m'ont transmis leur sentiment d'étrangeté – d'illégitimité – et j'ai trouvé refuge dans les livres, qui sont devenus mes amis – mon pays. Par-delà l'espace et le temps, je pouvais y converser avec des esprits qui me comprenaient et que je comprenais. Aussi y ai-je naturellement eu recours quand le diagnostic de Paul m'a une nouvelle fois fait me sentir une étrangère. J'y ai puisé courage, réconfort, espoir.

L'impression d'être moins isolée. Et pourtant… Est-ce le temps qui m'a à la fois offert un peu de recul et révélé à quelle moitié du spectre Paul appartenait ? J'en suis venue à considérer ces ouvrages d'un autre œil. De toutes ces trajectoires d'enfants doublement extra-ordinaires dont j'ai pris connaissance, de toutes ces voix que j'ai écoutées, il ressort que les circonstances varient mais que le fil directeur reste le même.

Qu'importe que l'enfant soit fille ou garçon, anglais, français, américain ou japonais, qu'il ait réussi à s'exprimer via un clavier, des lettres cartonnées ou plastifiées, des peintures à l'aquarelle, des dessins d'une foudroyante beauté, ou encore un animal familier qui a transformé son rapport au monde : il a immanquablement réussi à surmonter des épreuves insurmontables pour jeter un pont entre deux rives qui semblaient aussi éloignées que deux planètes du Système solaire ; au terme d'un parcours hérissé d'obstacles, il a repris le contrôle d'une existence promise au chaos, s'est donné une histoire et une identité aux yeux des autres.

Aucune œuvre ne met mieux en scène ce propos que le *Temple Grandin* aux sept Emmy Awards produit par HBO, qui use de l'obsession des portes de Temple pour scander les grandes étapes de la route qui l'a menée de l'enfant et de l'adolescente "étrange", "attardée", à la professeure d'université et professionnelle mondialement reconnue : l'arrivée à Mountain Country après son renvoi, la rencontre avec monsieur Carlock, le séjour au ranch et la découverte de la trappe à bétail, la confrontation à un milieu bardé de préjugés, le génie de ses idées qui parvient à l'imposer, sa participation à un congrès de l'Autism Society of America qui signe ses débuts d'ambassadrice et de militante. Temple aura trouvé et franchi la porte menant au Nid de Corbeau, ainsi que les portes en verre à ouverture automatique d'un supermarché qui la terrifiaient – et la femme qui l'y aide est évidemment l'épouse d'un homme qui lui permettra de concrétiser ses plans et projets d'équipements. En se déguisant en homme, Temple est également parvenue à passer les portes d'un abattoir dont l'entrée lui avait été interdite parce qu'elle était une femme, et c'est encore une porte qu'elle visualise tandis qu'elle sort de l'assistance et marche vers l'estrade où elle doit prendre la parole après être intervenue dans le débat, suscitant un enthousiasme tel que le public l'en a suppliée : "Racontez-nous votre histoire."

Le film s'achève sur elle qui se tourne et fait face aux spectateurs pour déclarer : "Je suis Temple Grandin", en écho à la première scène où elle donnait pareillement son nom, si ce n'est qu'il est désormais lesté de sa légende. Car tel est l'objet du film : dire comment Temple est devenue celle qu'elle est. Comment elle s'est réapproprié sa vie, elle qui a été la première à témoigner de l'intérieur sur l'autisme au lieu de laisser les autres la définir et l'enfermer dans leurs cases. Comment elle a transformé son chemin en destin – une épopée dont elle est sortie triomphante, luttant avec sa mère à ses côtés, puis seule, comme toutes les vraies héroïnes, déterminée à affronter et vaincre son handicap et ses peurs, jusqu'à endosser le costume sous lequel elle restera dans les mémoires. Le film s'achève et Temple coïncide désormais avec la statue qu'on lui a élevée – *Temple Grandin* –, suivant une logique à l'œuvre dans tant d'autres productions hollywoodiennes qui s'attachent à un personnage qui évolue et se transforme au fil des événements jusqu'à devenir son mythe *(Jackie)* ou tout simplement la version la plus authentique de lui-même *(A History of Violence)*.

Le film a été célébré et récompensé pour son scénario au cordeau, adaptation impeccable de la vie à la fois si extraordinaire et finalement si universelle de Temple, mais aussi pour les performances de ses deux actrices – celle de Claire Danes, en particulier, qui a avoué avoir travaillé plus dur que pour aucun des rôles qu'elle avait jamais eu à jouer, faisant appel à un coach vocal pour adopter un ton, un débit, une voix aussi proches de ceux de Temple que possible, ainsi qu'à un deuxième coach pour ses gestes et sa façon de se tenir, afin de rendre avec le maximum de réalisme la façon caractéristique qu'a Temple de se mouvoir, de marcher, de s'adresser aux autres.

En définitive, la cérémonie des Emmy Awards a couronné une double réussite – une double *performance* –, dans la réalité et à l'écran : celle de Temple comme celle de son interprète. Elles ont tout donné et ont été à la hauteur du défi – celui de vivre, celui de jouer. Elles ont été récompensées parce qu'elles le *méritaient*. Comme mes parents dont les dons pour les sciences leur ont valu des bourses pour poursuivre leurs études à Paris, où ils ont également trouvé asile après que leur pays natal a sombré dans la dictature – parce qu'au vu de ce qu'ils pouvaient apporter à la France, ils le *méritaient*. Issus d'une ex-colonie, ils étaient des étrangers, des immigrés, des indigènes, mais leurs *performances* scolaires et professionnelles leur ont valu d'être accueillis. La porte leur a été ouverte et ils l'ont franchie. Ils ont ravalé leurs souvenirs, enseveli leurs peines, serré les dents et mis en sourdine leurs différences : tout comme Temple, ils ont appris à s'adapter.

Seulement qu'en est-il des autres, ceux qui n'ont pas les diplômes, les moyens ou les capacités ? Les vulnérables, les blessés ? Quelle histoire pour eux, quel destin, quel film, dans un monde qui veut bien accueillir ceux qui le "méritent" mais pas les autres, et non seulement postule que nous partons tous à égalité quand ce n'est jamais le cas, mais conçoit l'existence comme une course qu'il faut gagner au prix des larmes et du sang si nécessaire, et à travers le terme de "méritocratie" ne fait jamais que masquer un darwinisme sans foi ni loi, maquiller sous le fard d'une justice prétendue, nappée de bonne conscience hypocrite, un culte de la performance d'une indicible férocité, où les masses peuvent bien être broyées par millions, jetées à la rue ou à la mer, renvoyées à la destruction, à la misère, à la barbarie, pourvu que quelques-uns qui le "méritaient" soient élus ?

Je me suis toujours demandé si Emmanuel Macron, en consacrant sa carte blanche aux personnes en situation de handicap lors du débat qui l'a opposé à Marine Le Pen au second tour de la présidentielle, était sincère ou cynique. Dans quelle mesure croyait-il ce qu'il disait lorsqu'il s'était engagé à créer les postes et structures nécessaires pour que tous les enfants handicapés puissent aller à l'école, pour que les autistes ne soient plus forcés de partir à l'étranger pour obtenir une place dans un institut, pour que plus personne ne reste "sans solution" ?

Dans quelle mesure comptait-il, comme il l'avait alors clamé, en faire "l'une des priorités de son quinquennat" ?

Quoi qu'il en soit, un an après, en 2018, François Ruffin accusait les députés marcheurs d'avoir voté "comme des Playmobil" contre une proposition de loi qui voulait soutenir les auxiliaires de vie scolaire et les accompagnantes d'élèves handicapés, précarisées et rémunérées en dessous du seuil de pauvreté, en créant un statut unique. Les insoumis, les communistes, les socialistes, l'UDI, les républicains avaient tous pris part à la discussion, tandis qu'aucun député LREM n'avait participé aux échanges, avait affirmé Ruffin. Et à présent, cinquante-huit marcheurs avaient voté une "motion de rejet préalable", si bien que le texte n'avait même pas été examiné. "Pour les enfants handicapés, leurs accompagnants, j'espère que le pays ne vous le pardonnera pas. (...) Et ce vote, j'en suis certain, vous collera à la peau comme une infamie !", s'était enflammé Ruffin depuis l'hémicycle.

Je crains en vérité que bien peu de gens se souviennent aujourd'hui de l'envolée du réalisateur de *Merci Patron !* comme des promesses du candidat Macron. Je crains qu'il n'y ait pas grand monde, à part ceux qui sont directement concernés, pour s'émouvoir des condamnations de la France par le Conseil de l'Europe, de l'échec des plans autisme successifs, de l'absence de soins adéquats pour des centaines de milliers de patients et de formation digne de ce nom pour les professionnels, des discours aberrants qu'on vous tient dans nombre de CMPP, d'établissements scolaires, de centres de loisirs, voire d'hôpitaux ou de CRA, des démarches administratives ubuesques imposées aux familles, de leur détresse, de leur épuisement, de leur ruine parfois, du manque de places, d'accompagnants, de structures d'accueil, de moyens, de tout. Et je crains que cela n'en dise long sur le pays où Paul est né et les prétentions de la République à œuvrer pour la liberté, l'égalité et la fraternité qu'elle affiche pourtant si fièrement sur son fronton.

Les États qui traitent le plus mal les handicapés sont aussi ceux qui n'ont pas aboli la peine de mort, observait Temple ; c'est au sort réservé à ses citoyens les plus fragiles qu'on mesure l'humanité d'une société, avais-je alors songé. Nous sommes en 2020 et je viens d'achever la lecture des *Enfants d'Asperger* d'Edith Sheffer. Historienne et mère d'un enfant autiste, cette dernière a fait des recherches dans les archives de l'hôpital psychiatrique pour enfants du Spiegelgrund à Vienne – en réalité un centre d'euthanasie nazie qui assassina des centaines d'enfants dont le IIIe Reich et son idéologie de "l'hygiène raciale" considéraient qu'ils étaient "indignes de vivre" du fait de la lourdeur de leur handicap physique et/ou mental. Elle a pu déterminer que si Hans Asperger, longtemps perçu comme un psychiatre sensible et bienveillant, avait bien défendu ses "petits professeurs", considérant que les enfants autistes à haut potentiel "méritaient" une éducation adaptée qui leur permettrait de rejoindre les rangs de l'Allemagne nouvelle, il avait en réalité activement collaboré au programme d'extermination des enfants handicapés mis en œuvre en Autriche par les nazis deux ans après l'Anschluss.

C'est sans donner le signe d'aucun remords ou état d'âme, et au contraire avec un zèle et une efficacité remarquables que ce père de cinq enfants et fervent catholique qui après guerre se présenterait comme un protecteur à la Schindler, avait envoyé au Spiegelgrund les petits patients de sa clinique qui parce qu'ils étaient situés à l'autre extrémité du spectre autistique et ne pouvaient devenir, selon ses propres mots, des "membres actifs du grand organisme" qu'était l'État nazi, avaient été jugés "indignes de vivre". Une extermination qui à la différence de celle des Juifs, industrielle et anonyme, présentait la particularité d'être individualisée : les infirmières et médecins qui assassinèrent chacun des enfants, souvent par injection létale, quand ils ne les laissaient pas mourir de faim – et veillèrent ensuite à conserver à des fins d'étude les cerveaux de huit cents d'entre eux dans le formol – s'en étaient occupés durant des semaines et des mois, et les connaissaient tous par leur prénom.

PAUL

Comment raconter Paul ? La question m'a longtemps poursuivie. Elle ne se serait pas posée si mon fils avait été un Hugo Horiot, un Josef Schovanec ou un Daniel Tammet, une Babouillec ou une Temple, si sa progression ne s'était pas interrompue, s'il avait accédé au langage, si un pont avait pu être établi, s'il avait pu révéler au monde extérieur qui il était – en imaginant qu'il y eût matière à révélation. J'aurais examiné notre vie à tous les trois sur les huit dernières années, repéré les moments pouvant tenir lieu de charnières et articulé autour mon récit, qui nous aurait sans doute menés, Adrien et moi, du déni à l'acceptation du handicap de notre enfant – à cette fameuse résilience que l'on met désormais à toutes les sauces – au fur et à mesure que Paul, grâce à sa prise en charge intensive, à notre détermination, aux efforts des thérapeutes et au dévouement de chacun, serait graduellement sorti du silence, passant des mots aux phrases, des demandes aux commentaires, de la balançoire aux jeux de société et des apprentissages élémentaires à un début de scolarité.

Seulement, mon mari et moi avons dû nous faire à l'idée que nous ne le sauverions pas. Que rien – et certainement pas le sacrifice de nos désirs, de notre couple ou de notre santé – n'achèterait les quelques années d'âge développemental dont il aurait eu besoin pour mener une existence moins limitée. Nous pouvions l'accompagner et le protéger pour un temps, mais il ne nous rejoindrait jamais sur le rivage de la normalité. Il ne nous parlerait jamais, ne nous appellerait jamais "papa" et "maman", ne lirait jamais aucun de mes livres. Il était devenu déraisonnable de croire qu'il vivrait autre part, à terme, que dans un établissement spécialisé – à supposer que nous parvenions à en dénicher un dans le paysage désertique que la France offrait en la matière – et il ne nous restait plus, en attendant, qu'à essayer de reprendre le cours d'une existence fracassée, à renouer ce qui pouvait l'être dans les moments où Paul n'était pas là. Adrien s'était lancé dans une foule de projets professionnels – colloques, recherches, expositions – et avait signé pour cinq ouvrages d'histoire. J'avais pour ma part commencé de me demander comment raconter Paul.

L'idée de me mettre à un livre alors que mon enfant souffrait et avait besoin de moi m'avait longtemps paru obscène – un peu comme si l'on prenait des photos ou un film d'un accident qui se produit juste sous notre nez au lieu de venir au secours des victimes. À la lumière de ce que nous vivions, écrire semblait du reste un acte dérisoire, voire ridicule : en vérité j'aurais volontiers jeté au feu tous les ouvrages que j'avais déjà publiés et tous ceux à venir (et même tous les livres du monde pendant qu'on y était) si cela avait été le prix à payer pour que Paul obtînt (ironiquement) les mots. Était-ce moins vain à présent qu'il s'avérait que ce ne serait pas le cas, quoi que je fasse ? Je n'en étais pas sûre, mais je ne trouvais plus l'idée obscène. Que notre défaite aboutît à un livre, à présent qu'elle était actée, que nous en arrivions à une nouvelle étape de notre vie à trois, bientôt quatre, avait cessé de me gêner : mieux valait faire quelque chose plutôt que rien de la succession des batailles menées et perdues, de la cohorte de nos espérances déçues.

Restait à déterminer la forme à donner au texte. Ajouter un simple témoignage de parent de plus à la pile n'était guère stimulant, parler à la place de Paul était difficilement envisageable, le journal intime s'apparentait à une facilité, une lettre ou adresse au fils qui ne parlerait jamais revenait à sombrer dans un pathos sirupeux, le détour par le conte m'apparaissait comme une manière de fuir les faits au lieu de les affronter, l'enquête pure et dure serait trop journalistique, trop peu littéraire à mon goût, un essai dressant le parallèle entre l'exil de Paul, celui de mes parents et le mien risquait de déboucher sur un texte cérébral teinté de psychanalyse qui n'intéresserait personne. Aucune de ces formes ne convenait alors que j'aurais dans le même temps voulu que mon livre tienne un peu de chacune, qu'il informe et alerte, émeuve et serre le cœur, crée des connexions inattendues et ouvre des perspectives, invente quelque chose et apporte un peu de beauté, sans mentir ni rien déformer de ce qui était.

Des phrases me venaient, que j'inscrivais, lisais, relisais, et biffais. Je me heurtais encore et encore à une réalité d'une dureté et d'une logique imparables. La plupart des récits existants décrivaient comment un enfant autiste et/ou son père/sa mère s'adaptaient peu à peu à des circonstances contraires – comment ils trouvaient un mode de fonctionnement et d'existence en dépit de la maladie. Ils obéissaient au modèle standard de toutes les histoires du monde, quel qu'en fût le média, qu'il s'agît d'un reportage, d'un film, d'une série ou d'un livre : amener un personnage d'un point A à un point B en passant par un certain nombre de stades, au fil d'événements clefs qui le transforment jusqu'à en faire quelqu'un d'autre, un héros bon ou mauvais, victorieux ou défait, mais un héros. Dramaturgiquement parlant, Paul était dépourvu d'histoire – il avait peu évolué depuis son diagnostic et je ne voyais pas comment construire et faire avancer une intrigue dont le personnage principal, non seulement fait du surplace, mais ne communique que par images et ne dévoile rien de ce qu'il pense, au point que ses propres parents l'ignorent et se demandent même s'il pense…

J'en suis là de mes interrogations lorsque j'accouche, fin 2020, du petit frère de Paul. Serge, 3,5 kilos de bonne humeur joufflue, à la peau ivoire et aux yeux noirs bordés de cils immenses, semble ravi d'être là et a l'excellente idée de faire ses nuits en moins de trois mois. L'accouchement lui-même a comme toujours été une partie de plaisir : dix-sept heures à souffler en manquant de m'étouffer, masque sur le nez du fait de la pandémie – la sage-femme s'est contentée d'un regard navré quand j'ai demandé à l'enlever –, avec une péridurale d'abord latéralisée (seule une moitié du corps a été insensibilisée) puis qui cesse purement et simplement d'agir, si bien qu'il faut la refaire à trois reprises, avec chaque fois quarante minutes d'attente pour s'assurer que oui, j'ai vraiment très mal et que non, cette foutue anesthésie ne fait vraiment plus effet.

Le seul avantage d'accoucher pour la deuxième fois ne tient pas à une moindre souffrance (hélas) mais à l'expérience, qui vous a appris que perdre l'esprit sous l'effet de la douleur ne fera qu'empirer les choses. Je réussis à garder un minimum de maîtrise sur moi-même, soufflant longuement et de toutes mes forces à chaque contraction – bien que j'aie à plusieurs reprises l'impression de me fendre en deux. Farceur, le bébé a décidé de venir au monde pile le jour de notre déménagement, comme pour nous mettre une nouvelle fois à l'épreuve, et Adrien fait donc la navette entre notre ex-domicile et le nouveau tandis que je lui envoie des textos pour le tenir au courant de mes propres avancées – ou plutôt de celle du bébé, qui creuse péniblement mais implacablement son chemin, une poussée après l'autre.

Mon époux surgit finalement, rouge, suant et à bout de souffle – à croire que c'est lui qui accouche –, pour tenir ma main lors de la dernière demi-heure. Alors que le bébé pointe le bout de sa tête et que la sage-femme m'a enjoint de faire une petite pause, Adrien sort comme d'habitude une plaisanterie osée qui dans un même mouvement me fait éclater de rire et donne naissance à notre fils. C'est que les mêmes muscles gouvernent de toute éternité ces deux opérations, comme nous l'explique la sage-femme, qui fait une toilette minimale du bébé avant de le déposer sur mon sein, où il commence aussitôt à téter. Clamer que Serge est né dans un éclat de rire est donc la stricte vérité et nous ne nous en priverons pas, mon cher et tendre allant jusqu'à l'inscrire sur le faire-part de naissance.

Dans un film Disney, de même que mes nausées se seraient magiquement évanouies dès le quatrième mois – comme le prétendent tant de médecins qu'il faudrait, à l'américaine, attaquer au tribunal et ruiner jusqu'à la quatrième génération pour promesses mensongères –, Paul, ému par Serge comme il n'avait jamais été ému par quiconque, aurait noué avec son frère un lien unique et merveilleux. Attentif à ce petit être tout neuf et plein d'enthousiasme à son égard – Serge suit des yeux chacun de ses déplacements, chacune de ses actions, chacun de ses gestes, et sitôt qu'il fera du quatre pattes, poursuivra Paul dans tout l'appartement en poussant de petits cris d'excitation –, il se serait peu à peu laissé approcher et se serait à son tour rapproché du monde. Des autres – ses semblables si dissemblables à qui il aurait montré, comme Temple, qu'il n'y avait pas qu'une façon d'être humain. Grâce à son frère, il aurait brisé sa coquille de verre et tous deux se seraient chéris et compris au premier regard jusqu'à former une alliance indestructible, l'équivalent dans la vie du duo de *Rain Man*.

La réalité étant ce qu'elle est, Serge s'intéresse énormément à Paul sans que ce soit réciproque. Paul accueille le déménagement et l'arrivée du tout-petit en réagissant comme beaucoup d'enfants, autistes ou non : il régresse, cesse d'être propre pour du jour au lendemain se mettre à faire pipi non seulement au lit, mais partout – sur le canapé, sur sa chaise au moment de manger, devant la porte du nouvel appartement ou sur la mezzanine aménagée pour lui, fidèlement secondé en cela par notre chat, Pacha, qui n'a pas davantage apprécié ce double changement de domicile et de configuration familiale, et se met lui aussi à marquer son nouveau territoire pour se rassurer. Profondément perturbé par l'irruption de cet être minuscule mais imprévisible et bruyant, qui monopolise qui plus est ses parents, et dont il a d'abord manifestement imaginé qu'il ne ferait que passer, Paul se met à développer des tocs : il a par exemple pris l'habitude de poser son pied sur le talon puis sur la pointe chaque fois qu'il passe du parquet au tapis ou du carrelage au parquet, comme si transiter d'une surface à une autre nécessitait désormais un rituel.

Ses difficultés de sommeil, vaincues l'espace d'un mois et demi par l'arrivée sur le marché d'un nouveau médicament spécialement formulé pour les enfants présentant un TSA, le Slenyto – des comprimés de mélatonine à libération prolongée –, reprennent juste au moment où Serge commençait pour sa part à faire ses nuits. Nous avons beau augmenter les doses, comme les médecins nous l'ont recommandé, rien n'y fait : Paul recommence de se réveiller à quatre heures du matin. Il semble soumis à un stress et une anxiété trop grands pour pouvoir les maîtriser – une angoisse qui finit par atteindre un point culminant lors des vacances d'été, lorsque toute la famille prend ses quartiers pour une semaine dans une maison de Normandie appartenant à mes parents.

Pour des raisons mystérieuses, Paul n'a jamais beaucoup apprécié cette maison, mais elle dispose d'un jardin doté d'un trampoline géant et de balançoires, et la mer est à deux pas, ce qui constitue un atout de poids, notre fils adorant se baigner et jouer dans l'eau. Seulement tout se passe à l'opposé de ce que nous avions espéré. Paul refuse de se baigner, comme il refuse la balançoire et le trampoline, pour trouver refuge dans la voiture – comme si cela pouvait faire advenir plus vite le moment du départ –, ajoute un nouveau toc à sa panoplie – il se met à renifler toutes les surfaces qu'il touche – et cesse totalement de dormir, se levant à chaque heure de la nuit pour courir dans toute la maison en criant, réveillant dans la foulée Serge et bien sûr Adrien et moi.

Au bout de quatre jours de cette séance de torture physique et mentale supposée nous tenir lieu de vacances, mon mari et moi craquons. Nous plions bagage, annulons le séjour en Bretagne qui devait suivre celui de Normandie et regagnons Paris dans l'espoir qu'un décor familier apaisera un peu notre aîné devenu fou. Je joins en urgence la pédopsychiatre, refuse les tranquillisants proposés – je sais pour les avoir déjà essayés sous la supervision de la pédopsychiatre précédente qu'aucun ne fonctionne sur Paul – et, songeant à Temple qui a réussi à calmer ses attaques de nerfs grâce à de l'imipramine, demande s'il n'existe pas un antidépresseur susceptible d'aider mon fils. Mon interlocutrice acquiesce et prescrit du Seroplex, un inhibiteur de la recapture de sérotonine que je me procure aussitôt. Les effets sont radicaux. Au bout de trois jours, le petit commence d'adopter un rythme de sommeil normal et au bout de quinze, il perd ses tocs.

La cohabitation avec Serge n'est pas simple pour autant. Paul continue de fuir sa présence et de gémir chaque fois que le bébé pleure ou babille, si bien qu'Adrien et moi en sommes souvent réduits à prendre chacun soin d'un enfant en veillant à se tenir avec le petit qui nous a été attribué dans une pièce séparée, avec portes hermétiquement closes pour filtrer le bruit au maximum. Au quotidien déjà complexe du temps de Paul s'ajoutent désormais les bouleversements induits par l'arrivée de Serge, qui est non seulement un nourrisson exigeant par définition beaucoup de temps et de soins, mais encore un nourrisson dont on ignorera au moins jusqu'à ses dix-huit mois s'il ne présente pas lui aussi un TSA. Si Serge s'avère autiste, il faudra entamer un deuxième parcours du combattant en parallèle du premier (l'avantage, a fait remarquer mon mari avec son éternel humour de rescapé, c'est que nous avons déjà tous les contacts) et s'il ne l'est pas, nous serons immensément soulagés tout en ayant aussi l'impression de trahir Paul, de l'exclure davantage encore en formant une famille quand lui ne pourra que demeurer à la marge.

Il n'en reste pas moins qu'en récupérant nos nuits ainsi qu'un enfant dont le handicap est à nouveau gérable, la vie est redevenue vivable. Et c'est alors, peut-être parce que l'horizon s'allège et que les choses reprennent forme, que je trouve enfin comment raconter Paul. Je n'étais arrivée à rien jusque-là parce que je m'étais trompée d'objectif : je ne dois pas relater l'histoire de mon fils – tenter de faire rentrer sa trajectoire dans les moules narratifs préexistants – mais dire au contraire sa difficulté à en avoir une, dire ce que c'est que d'être doublement condamné au silence. Pour y parvenir, je vais user en contrepoint du parcours de quelqu'un qui bien que souffrant des mêmes troubles incarnera l'inverse, quelqu'un qui a accédé au langage et dont la voix a porté et continue de porter bien au-delà de ce qu'elle-même ou quiconque aurait pu imaginer, quelqu'un dont la vie obéit à ce point aux tropes et aux schémas chers aux fictions hollywoodiennes qu'on en a littéralement fait un film, quand il ne viendrait jamais à l'idée de personne de faire un film sur Paul ni aucun autre enfant ou adulte de l'autre moitié du spectre.

La vie de Temple sera le support sur lequel je m'appuierai pour évoquer Paul parce que tout en partant du même point que lui, elle a abouti à l'opposé. Parce qu'en écrivant son autobiographie, elle a été la première à renverser les préjugés du corps médical et à rendre aux autistes leur humanité. Parce qu'elle tente d'aider ceux qui souffrent du même mal qu'elle mais n'ont pas eu les mêmes chances. Parce qu'elle a conquis tout ce qui manque et manquera toujours à Paul en dépit de ses efforts – la capacité à parler, mais aussi à se transformer, à se réinventer, à avancer, si bien que le chemin de l'un ne prend véritablement sens que par rapport à celui de l'autre. Temple et Paul ou les deux faces d'une même pièce…

Ce soir-là, je m'assieds sur le lit de mon fils et lui murmure tandis qu'il demeure pelotonné sous sa couverture en polaire que je vais écrire sur lui. J'ignore s'il sait ce que cela signifie comme j'ignore si cela a un sens que d'écrire un livre qu'il ne lira pas et qui ne le sauvera pas, puisque écrire ne sauve de rien, ne change pas le monde et ne permet pas, contrairement à ce que prétend la légende, d'accéder à l'immortalité. C'est un geste inutile : une encoche dans le bois du temps, un nom qu'on grave dans l'espoir qu'il mette un peu plus de temps à disparaître que les autres, et à quoi bon, au fond, puisqu'à la fin nous y sommes tous condamnés ? Je demande tout bas pardon à Paul. J'aurais voulu t'offrir mieux, ou plus, mon amour, qu'un petit tas de signes noirs sur du papier blanc que le vent finira par disperser et que tu ne comprendras pas plus que tu ne comprends ce que je veux dire quand chaque matin avant que tu partes pour l'institut je chuchote à ton oreille que tu es très beau et que je t'aime très fort. J'aurais voulu t'offrir une vie plutôt qu'un livre, je sais que rien de ce que je peux faire ne pourra s'y substituer, et je suis désolée d'avoir échoué. Je suis désolée, petit Polo… Pleurant doucement dans le noir, je caresse les cheveux de mon fils qui s'est endormi. Je me penche sur lui, dépose un baiser sur son front et sors en silence de la chambre. Je demeure quelques secondes adossée contre la porte, face au mur. Puis j'essuie mes larmes, fais quelques pas pour changer de pièce et m'assieds à mon bureau, face à mon ordinateur, avant de commencer à écrire : "Temple est née le 29 août 1947 à Boston, dans le Massachusetts, au sein d'une famille richissime et surdouée."

PRÉCISIONS ET REMERCIEMENTS

Quelques sigles

ABA : Applied Behavior Analysis ou analyse comportementale appliquée. Le traitement ABA est un programme d'intervention pour les personnes avec autisme reposant sur les sciences du comportement. Il s'appuie sur la motivation de l'enfant pour modifier ses comportements et l'aider dans ses apprentissages.

AVS : auxiliaire de vie scolaire, a été remplacé par AESH : accompagnant(e) d'élève en situation de handicap.

BCBA : Board Certified Behavior Analyst ou psychologue certifié(e) en analyse du comportement.

MDPH : Maison départementale pour les personnes handicapées. Chargée d'identifier et d'évaluer les besoins des personnes handicapées habitant le département, elle peut sur demande et après évaluation de leur dossier, attribuer une aide financière.

PECS : Picture Exchange Communication System ou système de communication par images ayant été développé aux États-Unis et destiné aux personnes qui n'ont pas acquis le langage verbal.

TSA : trouble du spectre autistique. Ensemble de troubles neurobiologiques caractérisés par des dysfonctionnements dans la communication, l'interaction sociale, les comportements (répétitifs) et les centres d'intérêt (restreints).

Le récit de la vie de Temple Grandin a été principalement nourri des ouvrages suivants :

Un anthropologue sur Mars, Oliver Sacks, éd. du Seuil, 1996, rééd. Points Seuil, 2003.

Ma vie d'autiste, Temple Grandin, éd. Odile Jacob, 1999, rééd. Poche Odile Jacob, 2000. Le récit des jeunes années de Temple Grandin a connu de légères variations, notamment en ce qui concerne les noms des médecins et des établissements où elle a été scolarisée. J'ai choisi en général de prendre ceux mentionnés dans *Ma vie d'autiste*.

Penser en images, Temple Grandin, éd. Odile Jacob, 1997.

Dans le cerveau des autistes, Temple Grandin, éd. Odile Jacob, 2014.

A Thorn in My Pocket, Eustacia Cutler, éd. Future Horizons, 2012.

La conférence TED de Temple Grandin est disponible sur www.ted.com.

Merci à Alexandre pour son amour, sa présence, son soutien quotidien. À Gilles, mon premier lecteur. À Doan, qui aura peut-être reconnu un clin d'œil à *La Tour*. À Carole, Eve, Juliette, Karine pour m'avoir lue et encouragée. À Myriam et à Bertrand, bien sûr. Et à Françoise.

OUVRAGE RÉALISÉ
PAR L'ATELIER GRAPHIQUE ACTES SUD
ACHEVÉ D'IMPRIMER
SUR ROTO-PAGE
EN AOÛT 2022
PAR L'IMPRIMERIE FLOCH
À MAYENNE
POUR LE COMPTE DES ÉDITIONS
ACTES SUD
LE MÉJAN
PLACE NINA-BERBEROVA
13200 ARLES

DÉPÔT LÉGAL
1re ÉDITION : AOÛT 2022
N° impr. : 100797
(Imprimé en France)